어느 날

어느 날

발행일	2023년 3월 30일		
지은이	곽영애		
펴낸이	손형국		
펴낸곳	(주)북랩		
편집인	선일영	편집	정두철, 배진용, 윤용민, 김부경, 김다빈
디자인	이현수, 김민하, 김영주, 안유경, 신혜림	제작	박기성, 황동현, 구성우, 배상진
마케팅	김회란, 박진관		

출판등록 2004. 12. 1(제2012-000051호)
주소   서울특별시 금천구 가산디지털 1로 168, 우림라이온스밸리 B동 B113~114호, C동 B101호
홈페이지 www.book.co.kr
전화번호 (02)2026-5777   팩스   (02)2026-9637

ISBN   979-11-6836-800-2   03810 (종이책)   979-11-6836-801-9   05810 (전자책)

(주)북랩 성공출판의 파트너
북랩 홈페이지와 패밀리 사이트에서 다양한 출판 솔루션을 만나 보세요!
홈페이지 book.co.kr   •   블로그 blog.naver.com/essaybook   •   출판문의 book@book.co.kr

작가 연락처 문의 ▸ ask.book.co.kr

작가 연락처는 개인정보이므로 북랩에서 알려드릴 수 없습니다.

어느 날

곽영애 지음

시공간을 넘나드는 바닷속 판타지
매 순간 놀라운 여정을 통해 인간의 정서를 깨우친다!

 북랩

작가의 말 ●

난 늘 생각했다.
인간에게 가장 소중한 정서가 무엇일까?

그 소중한 정서를 드나들며 인간의 과거와 현재와 미래를 연결 짓는 미세한 접촉점을 찾으려 수없이 진공 속을 떠돌고,

심우주深宇宙 저 너머의 숨소리를 감별해 내고자 어둠의 등을 뚫고 뚫었던 고뇌의 부리에 멍꽃이 돋았던 밤들….

파편처럼 흩어져 내리는 내 영혼의 거친 숨소리에 익숙해질 무렵,

난 인간에게 가장 소중한 정서 9가지[1]를 주제로 타임 슬립time-slip의 세계를 넘나드는 한 편의 판타지fantasy 소설을 세상에 내놓게 되었다.

1인칭 소설로 각각의 주제에 따라 9부작으로 나누어 인물의 캐릭터를 설정, 묘사하므로 독자들에게 쉽게 다가갈 수 있는 친근한 표현과 함께 공감 및 이해력을 높이고자 심혈을 기울였다.

----

1) 성경 갈라디아서 5장 22절~23절(사랑, 희락, 화평, 오래 참음, 자비, 양선, 충성, 온유, 절제).

우리 모두는 현실의 세계 그 이상을 꿈꾸며 오늘을 성실하게 살아 내는, 존재 가치를 추구하는 의미형意味形 사람들이다.

그렇기 때문에 심우주深宇宙 그 이상까지도 넘나드는 판타지fantasy 세계를 그려 내는, 험난하지만 작은 의미를 전할 수 있는 작가의 길이 내겐 더없이 소중하다.

9부작에 등장하는 모든 인물들을 만나는 독자들에게 현실을 내딛는 발걸음이 더 굳건해지고,

과거의 레일이 있기에 미래의 열차를 탈 수 있다는 절대 가치의 소망이 차고 넘치길 바라며,

이 책을 생명의 껍질을 부수면서까지 양육해 주시고 이제 막 고인故人이 되신 어머님 서문귀임 권사님과 아버님 고故 곽주열 님 영정影幀에 무릎 꿇고 헌정하여 올려 드린다.

2023년 2월 13일 월요일 아침 8시

어머님을 천국으로 보내 드리며
눈물이 얼어붙는 겨울 강 언저리에서
곽영애

제1부

문門

- 삶은 언제나, 누구에게나 간절한 소망의 바다를
건널 수 있는
신비한 문門을 보여 주는데!
지금 당신의 일상은
베일에 휘감긴 당신의 문을 찾아 나서고 있는가?
과연 당신이 열게 될 문은 어떤 색채를 띠고 있을까?
난 사랑의 절규에 귀를 쫑긋할 거야! -

밤새도록 손가락에 목탄 자국을 남겼다.

콧잔등에선 땀이 흐르고 있었지만 이렇다 할 형체 하나 나타내지 못한 불만과 불안은 새벽이 다가올수록 커져만 갔다. 그나마 이젠 뒷골마저 무거워서 신경질은 곤두설 대로 서 있었다.

결국 나는 목탄을 집어던지고 이젤 옆에 아무렇게나 벗어 둔 셔츠를 집어 들고 거리로 뛰쳐나갔다.

밖으로 나가 발길 닿는 대로 걸어 보았지만 며칠 동안 매달렸던 화첩이 눈앞에 아른거렸다.

오랜 시간 어쩔 수 없이 내팽개쳐 두고 차단해야 했던 생활, 그 속에서 어느새 내 능력이란 것이 이만큼 퇴색되었음을 억지로라도 받아들여야 했다.

비린내와 온갖 오물로 뒤섞인 것 같은 역겨운 냄새가 한기와 뒤섞여 묘한 악취가 진동한다. 부두엔 언제나처럼 몇 개의 생선 나부랭이들이 흩어져 있었고 한 척의 배가 출어를 서두르고 있었다.

살아가는 것에 극히 익숙해져 있는 노어부의 미소가 가벼운 햇살에 반짝거렸다. 바다라지만 이미 인공화가 되어 버린 이곳에서도 새벽이면 어김없이 삶은 시작되고 있다.

"아, 아-저-씨-."

나는 더듬대는 소리에 얼른 뒤돌아보았다.

"아-저-씨-."

순간 "푸!" 하는 웃음이 터져 나왔다.

거기엔 나를 한참씩이나 올려다보아야 하는 낯선 꼬마가 누우런 이빨을 보이며 웃고 있었다. 작달만한 키에 꼬옥 누르면 금방이라도 터질 것같이 부푼 몸뚱이, 완전히 키를 압도하고 있는 기다란 옷자락이 웃음을 터뜨리게 했다.

'요즘에도 이런 꼬마가 있는 걸까?'

나는 속으로 되뇌며 약간의 흥미와 의혹으로 꼬마를 내려다보았다.

꼬마는 내게 등을 내보였다.

난 놀라움과 함께 또 한 번 웃음이 터져 나오려 했다. 등 뒤로 우뚝 솟은 묵직한 탑, 그것은 말 그대로의 흉측한 몰골을 나타내는 데 단단히 한몫을 하고 있었다.

"으-으-나-나-."

꼬마는 말을 잘 못하는지 더듬거렸다. 나는 당황과 연민에 휩싸이기 시작했다.

'도대체 왜 나를 불렀는지? 왜 내게 자신의 추함을 보여 주며 무슨 말을 하고 싶은 걸까?'

가뜩이나 욱신대던 머릿속이 더욱 뒤범벅이 되어 버렸다.

"어, 자네, 이렇게 아침 일찍 웬일이야! 그래도 새벽바람이 좋긴 좋은 모양이지?"

어깨를 툭 치는 사람이 있어 정신이 번쩍 들었다.

내현이었다. 연극 개막을 코앞에 두고 내현 역시도 뭔가 잘 풀리지 않는 듯 초췌한 모습으로 부두의 새벽공기를 쐬러 나온 것 같다.

난 반가움에 짧은 환성으로 얼른 내현의 손을 붙들었다. 그리고는 곤혹스런 얼굴로 내현에게 그 어떤 구조를 요청했다. 그 뜻을 알았는지 내현의 눈길이 재빨리 꼬마에게 옮겨졌다.

"이 곱추가 아직도."

내현은 약간의 불쾌한 감정과 못마땅한 눈초리로 꼬마를 노려보았다. 그러자 갑자기 꼬마의 눈이 커다랗게 변했다.

"그래! 난 곱추고 난쟁이야!"

꼬마는 자신의 몸을 빙그르르 돌리며 외쳤다.

"주정뱅이, 주정꾼!"

나를 향해선지, 내현을 향해선지 날카롭게 내뱉는 언어가 귓가에 채 닿기도 전에 꼬마는 내 시야에서 벗어나고 있었다.

나는 멍한 상태로 내현만을 바라보았다.

내현은 씨익 웃어 보였다.

"몇 달 전쯤 이곳에 나타난 난쟁이 곱추야. 말을 더듬을 때는 끝없이 더듬지만 어느 땐 또 지금처럼 말을 곧잘 해. 이상하고 불쾌한 곱추지? 자, 그럼 난 이만 바빠서 다음에!"

내현의 뒷모습을 보는 둥 마는 둥 내 귓전에는 여전히 '주정뱅이, 주정꾼!'이라고 외치던 꼬마의 목소리가 긴 여운을 남긴 채 남아 있었다.

출항을 알리는 고동 소리가 울렸다.

나는 천천히 집을 향했다.

'오늘 아침은 참 묘한 일을 겪는군.'

이런 생각이 머릿속을 더 복잡하게 했다. 마치 꿈에서 본 듯한 아까의 장면이 묘하게 뇌리에서 떠나지 않았다.

그날 이후 난 희고 깨끗한 석고상을 바라보며 꼼짝 않고 앉아 있게 되었다. 그러니까 내가 내현의 연습실을 두드리기까진 꼭 사흘이 지나도록!

반쯤 넘어진 저녁이 이젠 그 마지막 빛마저 거둬 가고 있었고, 내현은 곧 시작될 공연을 위해 열심히 연습에 몰두하고 있었다.

"마치 연극을 위해 태어난 것 같군."

"어쩐지, 누군가 찾아올 것만 같더니…, 예감이 꼭 맞는데!"

내현이 연습을 중단하고 나를 반겨 주었다.

우리는 바다가 닿는 곳까지 이야기를 하며 걸었다.

분주하고 억척스런 부두의 마을도 밤이 되면 조용해진다. 얕은 파도만 힘없이 왔다가 맥없이 자지러질 뿐, 갈매기들마저 내일을 위해 고단한 날개를 쉬고 있는 듯하다.

"무슨 고민이 있는 것 같은데…."

내현이 내 얼굴 가까이 다가서며 살며시 손을 잡았다.

"으흠, 정말 그렇게 보여?"

난 내현의 손을 꼭 잡은 채 웃어 보이려 노력했다.

그러나 내 마음속에 앙금처럼 남아 있는 꼬마 곱추라든지, 작품 하나 나와 주지 않는 지금의 나의 상태에 대해선 단 한마디도 할 수 없었다.

결국 나는 내현을 찾아간 목적마저 흐릿해졌다.

순간적으로 눈앞에 펼쳐져 있는 밤바다가 두렵다고 느꼈다. 고개를 들어 보았다. 하늘엔 별 하나 없었고 잔뜩 껴 있는 먹구름은 금방이라도 비를 내릴 모양이었다.

내현의 공연이 시작되는 날이었다.

무대 위에는 조명이 켜지고 나는 서둘러 대며 내현을 도와야 했다. 거의 무대 장치가 마쳐지자 사람들이 하나둘씩 모여들었다.

난 잠시 흐르는 땀방울을 닦으며 공연장 앞으로 나왔다.

얼마나 서 있었을까?

내가 막 공연장을 향해 걸음을 옮겼을 때 내 눈을 헤집고 들어서는 것이 있었다.

꼬마 곱추! 그가 공연장 밖에서 주춤거렸고 사람들은 멸시에 찬 눈초리로 한 번씩은 꼬마 곱추를 향해 웃어 보이고 있었다.

"가! 가 버리란 말이야~!"

표를 받고 있던 아저씨가 꼬마 곱추를 향해 버럭 소리를 질러 댔다.

그래도 그 아이는 꼼짝하지 않고 있었다.

하찮은 것에게서 무시당하고 있다는 생각에서였을까? 그 아저씨가 빠르게 달려 나왔다. 그리고는 꼬마 곱추를 거세게 밀어냈다.

"나도 들어가게 해 줘. 주정꾼, 이 주정뱅이들아! 나도 들어가고 싶단 말이야!"

꼬마 곱추는 그대로 엎어진 채 소리쳤다.

그리고는 이내 아저씨의 만족에 찬 웃음소리가 공연장 주위를 꽉 메워 버렸다. 아저씨는 다시 한 번 뒤돌아보며 보란 듯이 공연장의 문을 활짝 열었다. 그리고는 잠시 문에 기대 서더니 곧 문을 쿵,

하는 소리가 나도록 굳게 닫아 버렸다.

"나도-, 나도- 들-어-가-게 해 줘-, 주정꾼! 이 주정뱅이들!"

난 재빨리 그 꼬마 곱추에게 달려가서 도움의 손길을 뻗어 주고 싶었지만, 얼어붙은 듯 발걸음이 떼어지지 않았다.

두 눈 가득 뜨거운 눈물을 훔치며 그대로 주저앉아 고개를 푹 숙여 버린 나의 귓가에, 사랑을 잃어버린 그 꼬마의 애타는 울음소리가 거세게 부딪혀 왔다.

닫혀진 문 밖에서 쓰러진 채 외쳐 대던 그 사랑의 절규가 흐느낌을 남기고 멀어져 갈 때쯤, 나는 가슴 한편에서 출렁거리는 휑한 바람 소리를 들으며 어느 사이 꼬마 곱추를 처음 만났던 부둣가 비린 내음 속에 서 있었다.

제2부

물안개의 전설

- 어느 날 내가 오랫동안 알아 왔던 사람이,
물안개 속에 희미하게 가려져 있는
전설 속의 인물 같았던 기억이 있지 않은가!
인생사 상전벽해桑田碧海라!
희락을 남용하지 말아야지! -

그렇게 꼬마를 마지막으로 본 그날 이후 참으로 긴 유랑이 시작되었다. 난 깊은 잠을 이루지 못한 채 불면의 밤과 머리를 맞대는 날이 잦아졌다.

그러던 어느 날, 한순간 얼핏 여윈 잠을 잡으려는 길목에 서 있는 듯했는데 꿈결인 듯, 항구에 홀로 서 있는 나의 얼굴에 세찬 바람이 머리칼을 흩뜨리기 시작했다.

아직 미명의 바다 위엔 밤새 잠들지 못한 새벽달이 지친 듯 이리저리 흐느적거리며 아주 희미한 형체로만 떠 있었고, 마치 비가 내리는 것처럼 물안개가 시야를 가리고 있었다.

그때 갑자기 누군가 나를 부르는 소리가 아주 짧게 들려왔다.

"슬이 형!"

나는 반사적으로 고개를 돌렸다.

불빛이 사라진 해안선을 따라 눅눅한 바람 소리만 나지막이 일어서고 있었다.

'내가 바람 소리를 잘못 들었나?'

물안개를 헤치며 나아가려는데 바람에 쓸려 오는 소리가 다시 나의 귓바퀴에 걸렸다.

"슬이 형, 나야!"

어떤 길다란 검은 그림자가 기울어지듯 물안개 속에 길을 내며 조금씩 움직였다. 그러더니 내게로 점점 다가왔다.

"벌써 나를 잊은 거야?"

조금은 더 가까운 곳에서 들려왔지만 목소리만으로는 누군지 가늠할 수 없었다. 내 가슴속에는 새벽의 바닷바람 못지않게 거칠고 험한 영혼의 바람 소리가 더 요란하게 덜컹거렸다.

발자국 소리가 멈추는 듯했지만 주변은 여전히 구름에 휩싸인 것 같은 안개비에 갇혀 있었다.

"누구세요? 저를 아시나요?"

물안개 너머로 잠시 숨을 고르는 듯한 느낌이 가느다란 실금처럼 파장을 일으켰다.

난 달아나고 싶었지만 앞을 분간할 수 없어 도저히 움직일 수가 없었다.

"형 곁으로 조금 더 가도 될까?"

난 긍정의 몸짓을 표현하느라 애를 썼다.

검은 그림자가 내 얼굴 가까이 다가왔다.

"슬이 형, 놀라지 말고 나를 자세히 바라봐!"

물안개가 약하게 허물어진 부분에서 얼핏 그의 얼굴이 스쳐 갔다.

순간 희미한 달빛에 담겨진 젖은 그의 눈망울이 내 심장을 두드렸다. 어디선가 가슴이 저리도록 본 듯한 저 눈빛, 저 얼굴, 나의 두뇌는 민첩하게 움직이기 시작했고 급기야 누구인지 섬광처럼 번쩍이는 기억이 터지기 시작했다.

"아! 그 꼬마 곱추!"

'나를 잠 못 들게 하던 그 꼬마, 나에게 삶이 무엇인지 마음이 무너지도록 아프게, 고통스럽게 파고들게 했던 그 질문의 주인공! 난 아직도 그 해답을 찾지 못해 번뇌에 휩싸여 있는데 그 꼬마가 이렇게 훤칠한 사내였다니…. 더구나 난 그 꼬마에게 내 이름을 알려 준 적도 없는데, 이게 어떻게 된 거지?'

가벼운 탄성과 함께 내 안의 나에게 끊임없이 의문문을 던질 때였다.

"슬이 형, 고마워!"

한 걸음 더 다가서는 음성에 정겨움이 묻어났다.

난 물안개 위를 거닐고 있는 것처럼 바닥이 닿지 않는 미지의 행성에 두둥실 떠 있는 것 같았다.

'도대체 뭐가 고맙다는 건지,'

내 머릿속에는 물음표만 가득 차 있었다.

"역시 인생은 알 수 없는 의문으로 가득 차 있다니까…"

난 혼잣말로 중얼거렸다.

"형이 나를 위해 건네준 따스한 연민憐愍, 사랑의 마음! 다 알고 있어."

"무슨 소린지…"

"슬이 형! 우선 내 이름부터 알려 줄게, 난 귀龜라고 불러 주면 되는데…"

"귀龜? 고향이 어딘데?"

나도 모르게 툭 튀어나온 말이 평소의 사회생활 습관에서 배어

난 말이라 멈칫하면서 물었다.

"형이 바다를 좋아하듯이 나도 바다를 좋아하지. 그러고 보면 형과 나는 닮은 곳이 많은 것 같아!"

내가 바다를 무척이나 사랑하기 때문에, 바다를 좋아한다는 그 말에 물안개 너머로 오싹했던 마음이 조금씩 풀어지고 있었다.

"형이 그날 공연장 밖에서 엎어진 채 흐느끼는 나를 따뜻한 눈빛으로 품어 주고, 또 지금까지 마음 아파해 줘서 나는 다시 바다로 돌아갈 수 있었어!"

난 그 소리에 이상한 나라의 앨리스가 된 기분이었다.

"그동안 나를 보고 단 한 명도 따스한 마음의 눈길로 바라봐 준 사람이 없었어. 형이 처음이자 마지막 사람이었지."

물안개 속에서 요란하게 부서지는 파도 소리가 들려왔다.

"그리고 내가 꼬마 곱추였을 땐 '형'이라고 부를 수 없었고 '아저씨'라고 불렀지. 너무 먼 거리였고 난 아직 제 기능을 할 수 없는 내 고향이 아닌 다른 세상살이였으니까…."

나는 동화 속을 거니는 듯, 타임 슬립time-slip 세계를 날아다니는 듯 잘 분간이 되지 않은 채 그의 이야기에 몰입되어 가고 있었다.

"형, 음, 으음, 나와 함께 저기 저 물안개 위로 난 작은 길을 걸어 보는 게 어떨까?"

"어디? 어디를 말하는 건데? 난 아무것도 안 보이는데."

"내가 안내해 줄게. 형이 나를 내 고향 바다로 돌아갈 수 있게 해 주었으니 나도 형에게 뭔가 해 주고 싶거든!"

그 순간 나는 공연장 문 밖에서 엎어져 흐느끼던, 잊혀지지 않던 꼬마의 잔상이 뇌리를 스치며 가슴속 잔해로 부서져 내리고 있음을 느꼈다.

　"형, 내 손을 잡아. 그러면 물안개 위로 난 작은 길이 보일 거야!"

　난 엉겁결에 귀龜의 손을 잡았다.

　마치 물안개 속을 가뿐히 거닐 듯, 날아가듯 헤쳐 나가는 귀龜의 체온이 내 손에 전달되는 듯하더니 그새 그의 숨소리가 선명하게 내 가슴속으로 울려들어 왔다.

　'이게 어떻게 된 거지? 내가 지금 물안개 위를 떠다니는 거야? 아니! 날아가는 것도 같은데… 꿈인가?'

　나는 내 살을 꼬집어 확인하고 싶었다.

　그러나 귀龜의 숨결이 나를 감싸고 있는 듯해서 움직일 수가 없었다. 아니 좀 더 정확히 표현하자면 움직이고 싶지 않았다. 그저 귀龜의 숨결이 포근하게 나를 파고들고 있었기에 그 속에서 어떤 미동도 하고 싶지 않았다는 표현이 더 정확하리라.

　"슬이 형, 이곳을 우리 고향 사람들은 아라阿邏길이라고 불러."

　"아라길?"

　귀龜는 고개를 끄덕였다.

　"우리 선조들의 태초가 역행하므로 빚어진 고난의 영혼들이 새겨져 있는 길이야. 그래서 우리 고향 사람들만이 볼 수 있고 느낄 수 있는 묘한 아우라가 물안개와 함께 질척하게 배어 나오곤 해. 때론 연기 같은 구름이나 안개, 노을이 이 길을 띠처럼 두르고 있기도 하지. 그래서 붙여진 이름이야. 물가에 선조들의 잔해殘骸와 혈통이 연기처럼, 노을처럼 두르고 있다고 해서….”

“아~! 그렇구나!”

나는 뭐가 뭔지도 모르지만 그의 말에 호응을 해 가며, 행여 잡은 손을 놓칠세라 정신을 가다듬으며 주변을 두리번거렸다.

그러고 보니 정말 주변이 구름에 휩싸여 있는 듯했고, 슬어져 가는 노을빛이 물안개 위에서 묘하고도 신비로운 광경을 연출하고 있었다. 길은 아득하지만 굽어진 듯도 하며 계속해서 이어지고 있었다.

난 마치 몽유병에 걸린 듯 환상적인 꿈길을 두둥실 떠다니는 듯했다.

얼마쯤 지났을까?

어느 순간 길이 끊어진 것 같았다. 적어도 내 눈에는 더 이상 나아갈 방향이 보이지 않았다. 순간 오싹거리며 온몸에 오한이 돋는 듯했다.

그때 갑자기 차갑고 매서운 광풍이 휘몰아쳐 왔다.

“형, 내 손을 절대 놓치면 안 돼! 두려워하지 말고 내 손만 꽉 잡아! 길게 가진 않을 거야.”

번뜩이는 후회가 마구 방망이질을 했다.

‘어휴! 괜히 따라나섰나 봐. 내가 비록 방황을 거듭하고는 있지만 소불하少不下 이렇게 생을 마감하고 싶진 않았는데…. 그렇지! 우리 할머니가 나 어릴 적에 호랑이에게 물려 가도 정신만 바짝 차리면 살아날 수 있다고 말씀해 주셨지! 정신을 잃지 말고 꽉 붙잡자! 적어도 우리 신씨 가문의 혈통엔 광풍 때문에 맥없이 무덤을 판 사람은 없으니까! 우리 신씨 성은 옥황상제 신 아니던가! 구전에 의하면 과거 우리 선조는 광풍도 잠잠케 하셨다니까!'

두 눈을 부릅뜨고 이 말 저 말로 나 자신을 위로하며 입술을 다부지게 물었다. 하지만 솔직히 살이 부들부들 떨리는 건 사실이었다. 한순간 마치 신기루처럼 소용돌이 속으로 휘말려 들어가는 내가 보였다. 꿈이라면 빨리 깨어나고 싶었다.

'오! 신이시여, 저는 아직 결혼도 하지 않았습니다!'

숨이 가빠 왔고 난 그만 두 눈을 질끈 감아 버렸다.

찌그러진 하늘이 보이는 듯했는데 통증의 무게가 느껴졌다.

귀龜의 소리가 나의 귓전에 울리기까지 난 기억을 놓고 있었다.

"형, 잘했어! 내 손을 놓치지 않아서 무사히 잘 도착했어!"

그 소리와 함께 난 무지막지한 냉기를 느꼈다. 그러니까 최소로 잡아도 나에겐 마치 시베리아를 횡단한 것 같았다. 내가 살았던 지구의 지축이 휘어질 듯한 매서운 혹한이 나를 엄습해 왔다.

"귀龜야! 나 살아 있는 것 맞는 거니?"

깨어나자마자 하는 나의 익살스런 질문에 아랑곳없이 귀龜가 피식 웃는 모습이 보였다.

"여기는 어디야? 너무 춥다."

"여기는 별궁이라고 해. 추위는 곧 괜찮아질 거야. 처음이라 체감 온도 차이가 너무 커서 일어나는 현상이야. 조금만 지나면 금방 적응이 될 거야. 그리고 여긴 우주 아래 태어난 모든 생명들을 볼 수 있는 곳이지. 과거, 현재, 미래의 모든 생명체를 만날 수가 있어!"

"별궁? 과거, 현재, 미래의 모든 생명체? 그럼 내가 지금 말로만 듣던 타임 슬립Time-Slip 세계에 들어온 거야?"

나는 너무 놀라 얼굴이 뜨겁게 흥분되고 있었다. 언제 추위가 엄습했는지도 아랑곳없이 나는 벌떡 일어났다.

"슬이 형! 잠깐만, 너무 놀라지 말고, 우선 배고프지 않아?"

그 소리에 마침 내 뱃속에서 기다렸다는 듯이 꼬르륵, 하며 신호를 보내왔다.

"그래, 아주 배가 고프다! 어디 먹을 것 없어?"

"저기 저 보이는 암석의 지계석을 넘으면 시생대야. 저곳에 가면 싱싱한 먹거리가 아주 풍성해."

"그렇다면 빨리 가자! 먹고 싶은 게 너무 많다."

내 머릿속에는 내가 좋아하는 바다 생선과 대하大蝦, 왕게, 대왕 조개, 통닭, 싱싱한 야채, 과일 등이 파노라마처럼 줄지어 스쳐 갔다.

"형, 자유롭게 걸을 수 있지? 이제는 내 손을 잡지 않아도 돼. 내 안내만 잘 받으면 되는 거지."

"그런데 왜 밑바닥이 출렁이며 움직이는 것 같지? 마치 흔들 다리 위에 서 있는 것 같잖아!"

"바닥엔 물이 흐르고 있어. 내 고향이라고 했잖아. 내 고향은 바다니까…"

그 말을 듣는 순간 오만 가지 궁상이 밀물처럼 밀려와 내 머리를 철썩 내려쳐 그만 온몸이 파도에 솟구치는 포말처럼 부서져 내렸다.

"그럼 여기가 '바닷속'이란 말야?"

난 놀라움을 감추지 못한 채 눈을 휘둥그레 떴다.

'이게 어떻게 된 거지? 난 수영 실력이 별로인데, 어떻게 이렇게 숨쉬기가 자유로운 거지?'

내 마음속의 질문을 귀歸는 정확히 알아차렸다.

"슬이 형! 지상만 발전하는 게 아니야. 우리 바다 나라도 고도화, 첨단화, 과학화를 넘어 초능력을 발휘하고 있지."

그 말에 나는 마치 정말, 당연히 초능력을 소유한 자로 변신한 듯한 느낌이었다. 그저 내 혓바닥에 물려 줄줄줄 암기되고 전승되어 왔던 모든 인류의 시공간이 와르르, 한꺼번에 무너져 내리는 아우성 소리로 요란해졌다.

"차츰 적응하게 될 거니까, 형, 우리 밥 먹으러 가자!"

우린 거대한 시생대의 자간에 들어섰다. 그러자 살얼음이 낀 시간의 쇠창살이 보였다. 살얼음이 낀 쇠창살이라지만 부드럽게 물결에 따라 휘어지며 마치 곡조에 따라 걸음을 걷듯, 춤을 추는 듯했다. 이상한 것은 냉기가 느껴지지 않는데도, 아니, 포근한 따스함 속에서도 얇은 살얼음을 유지한 채 싱싱한 기운이 감돌고 있다는 것이다. 그러니까 온도와 온도 사이의 격차가 있으면서도 없는 것 같은 신기함이랄까….

귀龜가 먼저 아라비아 숫자로 적힌 1의 버튼을 눌렀다.

그러자 1의 시간이 열리며 얇은 살얼음 속을 헤엄치는 큰고래, 다랑어, 연어 등 내가 알 수 없는 수많은 어종과 각종 바닷속 먹거리들이 아주 자유롭게 이야기하는 소리가 떠들썩하게 들렸다.

"아니, 이게 어떻게 된 거지? 바닷속 생물들의 언어가 내 귀에 들려오다니!"

"형, 뭘 먹고 싶어?"

귀龜가 이런 현상은 아무것도 아니라는 듯이 웃으며 물었다.

마침 아주 커다란 왕게가 '수水'라는 이름표를 단 채 지나가고 있었다.

"아니! 왕게가 저렇게 민첩하다니…."

순간적인 감탄사와 함께 난 잠시 구운 왕게를 생각했다. 그런데 난 단지 생각만 했을 뿐인데 어느새 멋진 식탁 위에 올라와 있었다.

"형, 이곳은 스쳐 가는 생각만으로도 아주 별미의 진수성찬이 차려지는 곳이야!"

"헉!"

당시 나로서는 몇 차원의 세계인지 도저히 분간할 수가 없었다.

"형, 이곳은 식탁에 올라왔다고 그 생명체가 죽는 세계가 아니야. 오히려 식탁에 차려져 다른 생명체에게 생명을 불어넣어 줄수록 그 생명체가 영원히 죽지 않고 살아나는 세계지. 저것 좀 봐! 아까 형 눈에 들어왔던 저 왕게가 '수水'라는 이름표를 달고 있었는데, 여전히 그 이름 그대로 물속을 헤엄쳐 다니고 있잖아! 그것도 아주 행복한 표정으로 말야."

나는 머릿속으로 무언가 이론과 체계를 세우려는 생각을 아예 포기했다. 그저 맛있는 식사를 하고 싶었다.

'이런 세계가 있다는 걸 내현은 알기나 할까?'

갑자기 내현의 얼굴이 떠올랐다.

"형이 무슨 생각 하는지 다 알아. 물의 나라는 모든 생명체의 영혼까지 맑게 비춰 주기에 상대방의 마음과 생각이 아주 투명하게 보이는걸! 그러니까 아까 형이 물고기들의 대화를 들을 수 있었던 거고."

"정말 신기해. 난 더러, 가끔씩 이런 세계를 상상해 본 적은 있지만 이렇게 실존하리라고는 믿지 않았어."

"형, 머지않아 내현이 형도 만나게 될 거야!"

난 귀龜의 말을 듣는 둥 마는 둥 그저 가볍게 고개를 끄덕였다.

귀龜가 이번엔 햇살이 내려앉아 있는 2번의 '시간 창살'이라고 써 있는 버튼을 눌렀다.

2번의 쇠창살은 살얼음 대신 밝은 무지개 빛의 햇살이 구슬처럼 감싸고 있는 녹색의 창살이었다.

스르륵, 초록색 창살이 활짝 문을 열었다.

새와 나비, 꽃들이 바람과 속삭이는 모습이 보였다. 연이어진 물가에는 온갖 종류의 과실나무들이 즐비하게 늘어서 있었다. 바다 나라이지만 기온에 관계없이 육지에서 나는 모든 먹거리도 자유롭게 자라나고 있었다.

난 우주의 모든 경계선이 하나로 연결된 기분이 들었다.

어쨌든 그렇게 우리는 생각만으로도 멋지게 차려지는 산해진미를 실컷 먹었다. 덕분에 나의 길고도 깊었던 유랑의 밤들도 바다 나라의 묘한 시간의 버튼과 함께 떠내려가고 있었다.

"형! 이 방이 형의 방이야. 잠시 쉰 후 우리 부모님 뵈러 가자!"

귀龜가 내게 안내한 방은 무성한 진분홍 산호초가 커튼처럼 늘어져 있었다. 산호초 주변엔 형형색색의 열대어와 이름도 알 수 없는 무수한 생명체들이 저마다의 독특한 아름다움을 풍기며 여유 있는 기풍으로 우아하게 수영을 하고 있었다.

그야말로 총천연색 바다의 숲이라 할 만한 절경에 난 그만 호흡이 멎을 것만 같았다.

모두들 나를 보며 인사하는 소리가 중·저·고음으로 들려왔다.

"안녕, 안녕~!"

나도 모르게 짧게, 그러나 하이톤으로 답하며 손을 흔들어 주었다.

"형, 내가 조금 이따 올게! 내가 보이지 않는다고 걱정하지 마. 난 늘 형 옆에 있으니까."

난 고개를 끄덕이며 방을 나서는 귀龜의 뒷모습을 물끄러미 바라보았다.

산호초 근처에서 함께 둥지를 틀고 있는 많은 생물체들의 모습이 내 방 근처를 에워쌌다.

난 옆에 놓여 있는 침대에 벌렁 누웠다. 순간 깜짝 놀랐다.

"아니, 이건 침대가 출렁이고 있잖아!"

내가 움직일 때마다, 아니, 내 숨소리에 따라 침대도 함께 숨을 쉬듯 출렁거렸다.

'음, 놀라지 말자. 여긴 바다 나라잖아. 바다 궁전, 바다 숲!'

한동안 내가 침대에서 뭉그적거리고 있을 때 어디선가 감미롭고도 조용한 음성이 들려왔다.

"혹한의 크럭스crux를 지나 본 적이 있나요?"

나는 내 머리 위를 폴짝폴짝 뛰어다니는 소리에 반사적으로 손가락을 머리 위에 올렸다. 내 손에 뭔가 잡히는 것이 있었다.

"난 당신을 보호하는 물의 요정 팅팅이에요."

내 손바닥에 서 있는 요정은 물고기 꼬리에 천사 같은 얼굴과 등 위에 날개가 달린 자그마하고도 아주 깜찍한 아기의 모습이었다. 그리고 아기 요정의 손에는 가느다란 금색 요술 봉이 쥐어져 있었다.

난 놀라움을 금치 못하는 표정이 되었다.

'나를 보호한다니, 신화 속에서 등장하던 보호 천사를 내가 직접 만났단 말이지? 신이시여! 이것이 꿈인가요, 생시인가요! 나는 지금 어디로 가고 있는 건지요?'

나는 어안이 벙벙한 채로 주변을 다시 둘러보며 마음속으로 중얼거렸다. 그리고는 이내 정신을 가다듬고 소리 내어 물었다.

"혹한의 크럭스crux라니? 난 암벽 등반을 전혀 해 본 적이 없는데…. 더구나 추운 겨울철에, 가장 험한 그 코스를…."

팅팅의 까르르 웃는 소리가 방울이 굴러가듯 울렸다.

"당신 가슴속에 오래된 고서의 첫 장이 열릴 거예요."

"……."

난 뭔 소린지 알 재간이 없어 대답을 할 수가 없었다.

"난 당신을 늘 보호하고 있어요!"

나는 날아가는 팅팅을 바라보며 잠시 넋을 잃고 있었다.

"형! 몸 좀 풀렸어? 이제 우리 엄마, 아빠께 인사드리러 가야지."

고개를 돌려보니 귀龜가 나를 보며 웃고 있었고 그 옆에는 낯익은 얼굴이 함께하고 있었다.

"허억, 내현!"

나는 반가움에 내현의 이름을 불렀다.

그러나 내현은 나를 전혀 모르는 듯한 표정을 지었다.

"형, 인사해. 우리를 부모님이 계신 천궁으로 안내해 줄 빙하국 그흐 다기능장이야! 바다 안팎은 물론 하늘까지도 모든 길을 꿰뚫고 있는 다기능 멀티multi 조종사이지!"

'헐! 이건 또 무슨 소리. 빙하국? 그흐 다기능장! 하늘길까지도 안내할 수 있는 다기능 조종사? 아니, 내현이 언제부터 바다 안팎뿐 아니라 하늘길까지도 안내하는 사람이 된 거지? 그것도 빙하국이라니? 연극인 내현이 지금 내 앞에서 용궁 나라 공연을 하고 있는 건가?'

뒤숭숭한 내 속마음을 아는지, 모르는지 내현은 내게 정중하게 인사를 했다.

"안녕하세요? 저는 바닷속은 물론 하늘 어느 곳이든 조종해서 갈 수 있는 그흐 다기능 조종사입니다. 귀龜 왕자님의 영혼을 돌아오게 해 주신 소중한 형님이라고 전해 들었습니다!"

'왕자님? 그럼 내가 살던 항구와 공연장 앞에서 만났던 난쟁이 곱추가 바다 나라 왕자였단 말이지? 게다가 그에게 매정했던 내현이는 그를 모시는 그흐 다기능 조종사란 말이지?'

난 사태를 수습할 생각조차 할 수 없을 정도로 혼란스러웠다.

'그렇지! 신분은 언제든 바뀔 수 있는 거 아냐? 그리고 그 모든 인생사를 내가 어찌 다 알 수가 있겠어?'

마음속으로 되뇌이며 서둘러 악수를 청했다.

"네! 전 '신슬'이라고 합니다. 반갑습니다, 그흐 다기능 조종사님! 그런데 제가 귀龜 왕자님의 영혼을 돌아오게 했다니요?"

"형! 내가 말했잖아, 형의 따스한 눈빛과 사랑 때문에 내 고향 바다로 돌아올 수 있었다고! 그 사랑에 힘입어 길을 잃고 방황하던 내 영혼이 다시 내 마음속으로 돌아오게 되었다고! 내 영혼이 돌아오지 않았다면 난 영원히 내 고향으로 돌아올 수 없었을 거야."

"그런데 바다 나라 왕자님이 왜 육지에 사는 인간, 그것도 기형적인 모습의 인간으로 나타나게 된 거지?"

난 귀龜를 바라보며 질문을 던졌다.

"형! 차차 다 알게 될 거니까 너무 조급해하지 마. 나와 함께 생활하다 보면 저절로 다 해소될 거야!"

나는 그 말을 들으며 바다 나라 역사와 전통은 다 알 수 없었지만, 어쨌든 너무 세세한 것은 5차원의 세계에 맡기자며 수긍을 하는 표정을 지었다.

인사를 나누자 그흐 다기능 조종사는 자신의 배가 있는 곳으로 우리를 안내했다.

나는 바닷속 정원의 절경과 좁쌀 같은 모래톱을 지났으며, 잔잔한 파도와 바람결에 일렁이는 수많은 해초들의 춤사위를 보고 놀라움에 입을 다물 수가 없었다. 또한 바닷속 깊은 곳에도 기암절벽이 있다는 사실을 그제서야 비로소 알 수가 있었다.

걷기도 하다가, 파도를 타고 가기도 하다가, 때론 귀龜의 등에 올라타서 날아가기도 하다가 두 눈이 휘둥그레진 채 그렇게 얼마쯤 왔을 때였다.

빙하 조각들이 두둥실 떠내려왔다.

그리고는 이내 무엇인지 육중한 물체가 보였다.

선체였다.

'아니! 빙하 조각들 사이에 떠 있는 배라니! 더구나 여기는 바닷속 아니었나? 바닷속에도 배가 떠다닌단 말이지? 잠수함과는 전혀 다른데! 그리고 바다 위에만 떠다니는 빙하 조각이 아니라 바닷속에도 빙하 조각이 떠다닌단 말이지?'

더 이상한 것은 그흐 다기능 조종사의 행동이다.

빙하 조각들을 애지중지 쓰다듬으며 마치 다정한 가족을 대하듯 밝게 웃고 있었다.

그흐 다기능 조종사는 빙하 조각들이 항해에 방해가 된다고 생각하지 않는 것이 분명했다.

"다기능 조종사님, 빙하 조각들이 항해에 방해가 되지는 않나요?"

나는 궁금한 것을 참지 못하고 질문을 던졌다.

"빙하국에서는 애들이 항해 나침반 역할, 길 안내를 합니다."

간단한 대답에 난 멍하니 선체를 바라다보았다.

정말 빙하 조각들과 배가 충돌하지 않고 서로 어울려 오래된 역사를 담은 듯한 모습이라는 생각이 들었다.

고풍스런 배의 앞면엔 '바이칼호'라는 글씨가 오색 구슬로 화려하게 새겨져 있었고 숱한 세월의 역사와 현대, 미래의 모습을 함께 담아낸 듯한 묘한 분위기를 자아내고 있었다.

"두 분 모두 배에 오르시죠. 귀龜 왕자님의 부모님이 계신 천궁에 들어가기 위해선 반드시 이 배를 타고 들어가야 합니다."

정중한 내현, 아니, 그흐 다기능 조종사의 목소리가 들렸다.

나는 배에 오르기 위해 두리번거렸다.

그러나 배에 올라갈 수 있는 장치는 그 어디에도 보이지 않았다.

"다들 날아다니고 헤엄쳐 다니니까 계단 따위는 필요 없다 이거지!"

"형, 내가 도와줄게."

귀龜가 나의 발을 살짝 들어올렸다.

그 순간 나는 어느새 선실 안에 들어와 있었다.

선실 안에는 남녀 승무원들이 분주하게 오가고 있었고 사람과 물고기, 더러더러 전설 속에서나 나오는 상반신은 사람, 하반신은 물고기인 아름다운 인어의 모습도 보였다. 빨간 머리 말미잘, 푸른 머리 미역 등 온갖 바다 생물들이 대화하며 웃는 소리로 주변이 시끌벅적했다.

"아니! 귀龜야! 이 배는 인간과 생물, 신화나 전설 속에나 등장하는 인어 공주, 인어 왕자들이 서로 함께 어우러져 대화하고 여행하는 세계인 거야?"

"형, 이건 우리 바다 나라에서 흔하게 볼 수 있는 아주 평범한 일상들이야."

나는 즐겁게 웃음을 건네는 독특한 그들의 모습을 보며 넓은 홀을 지났다.

이윽고 2층의 계단이 보이기 시작했고, 계단을 밟고 올라가자 처음으로 내 눈에 들어온 것은 '거울 박물관'이라는 글귀였다.

"아니! 선실에도 박물관이 있단 말야?"

난 놀라움과 함께 호기심이 발동했다.

"귀龜야, 거울 박물관이 무엇인지 너무 궁금해."

귀龜는 미소를 지으며 내 손을 잡고 박물관 앞으로 다가갔다.

박물관 앞에는 안내 승무원이 서 있었다.

"어서 오세요, 귀龜 왕자님! 그리고 신슬 님!"

"아니, 어떻게 내 이름을!"

"그흐 다기능 조종사님이 이미 형의 이름을 제출, 통보해 놓았어. 그렇지 않으면 이 배에 승선할 수가 없거든!"

우리는 안내 승무원을 따라 거울 박물관 문을 밀고 들어갔다.

시대에 따라 잔잔한 파도, 흉흉한 파도, 풍요로운 바다의 온갖 동·식물을 배경으로 한 당대當代의 모든 유물들이 전시되어 있는 듯 숫자를 다 헤아릴 수 없이 다양했다.

숟가락, 도자기, 화폐, 여러 고서들, 특히 바다를 항해하다 생명을 잃은 모든 생명체들의 뼈들이 소중하게 보관되어 있었다.

그 가운데 유독 나의 눈길을 끄는 것이 있었다.

매서운 바이칼 호수를 건너다 사망한 사람들이 기록된 고서古書였다.

첫 장을 열자 고려인들의 이름과 얼굴, 몸 형태들이 문자와 함께 그림으로 그려져 있었다. 그러니까 전달될 수 있는 모든 문자와 그림으로 보관되어 있어 당當 시대의 험한 풍랑의 역사를 보는 듯했다.

난 암흑에 가려져 짐짝처럼 매달려 가는 그림을 넘겼고, 순간 전시되어 있던 뼈들이 스르르 모여들어 '사람의 섬'이라는 퍼즐을 맞추고는 재빨리 흩어지는 것을 보았다. 그 주변엔 검은 이빨들이 냉과리 가슴처럼 마지막 뼈의 사슬까지 빨아들이고 있는 영상이 잠깐 보였다 이내 사라져 갔다.

순간 난 뼛속까지 찌르는 듯한 심한 통증에 그만 주저앉아 버렸다.

그때 갑자기 어디선가 요술 봉을 든 물의 요정 팅팅이 나타났다.

"당신은 지금 혹한의 크럭스crux를 지나고 있어요. 내가 이미 당신 가슴속에 오래된 고서의 첫 장이 열릴 거라고 얘기했던 것 기억나시죠? 칼로 베어 내는 듯한 가슴의 통증은 당신과 당신의 조상이 걸어온 아픈 역사를 말하고 있는 것이죠!"

"윽, 으윽! 숨을 쉴 수가 없어!"

난 너무 고통스러워 그대로 바닥에 쓰러져 버렸다.

동시에 물의 요정 팅팅이 급히 요술 봉을 휘둘렀다.

그래서인지 이상하게도 바닥이 푹신한 이불 같았다.

팅팅은 재빨리 내 가슴을 향해 무수한 별들을 쏟아부었다.

무수한 별들이 내 가슴속에 깊숙이 들어온 곳마다 통증이 봉합되는 듯한 느낌이 들었다.

그렇게 서서히 숨이 막힐 것 같은 통증이 점점 사라져 가고 있었다.

그러자 팅팅은 내가 좋아하는 브루흐의 '신의 날'을 첼로 선율로 들려주었다.

쓸쓸하고도 환상적인 음률은 서서히 내게 안정감을 되찾아 주고 있었다.

귀鬼는 물의 요정 팅팅과 속삭이듯 다정한 포즈를 취했고 팅팅은 내게 잔잔한 미소를 지어 보였다.

"난 언제나 당신 곁에 있어요!"

팅팅은 이내 내 시야에서 사라졌다.

"귀龜야, 도대체 여기는 몇 차원 세계인 거야?"

귀龜는 아무렇지도 않은 듯 대답했다.

"관람객의 영혼의 형태에 따라 그 조상의 내력을 집중적으로 보여 주는 박물관이야. 그래서 이름도 거울 박물관인 거고… 배 이름도 '바이칼호'인 거지!"

"그럼, 바다 나라에서는 육지에 사는 인간과도 교분이 있었던 거야?"

"형, 그뿐이 아니야. 우리 부모님은 천궁에 살고 계신다고 했잖아! 당연히 바다, 땅, 우주 높이 하늘까지도 연결되어 있어. 그리고 우리가 살고 있는 바닷속은 모든 생명체를 다 수용하는 것은 물론 매우 존중하고 있어. 육체뿐 아니라 그 영혼까지도 잘 보관하고 있지."

"우와, 놀랍구나! 놀라워~!"

나는 나의 제한된 이성의 범주를 넘어서려 안간힘을 쓰고 있었다. 물론 내가 전혀 상상하지 못한 세계가 존재하리라는 상상도 가끔은 해 보았지만, 그래도 지금 보고 있는 이 세계가 벅차기만 했다.

"형이 탄 배 이름이 '바이칼호'인 것도 다 형의 영혼의 모습을 거울처럼 반사해 주고 있기 때문이야."

귀龜는 다시 한 번 강조하듯 힘주어 말하며 내 눈을 지그시 바라보았다.

"우리 선조들이 바이칼 호수를 횡단한 사실은 나만 알고 있는데…. 고려인 선조들 얘기는 아무에게도 안 했는데…."

귀龜의 옆모습이 마치 굴절된 밤하늘의 반달처럼 열리며 내 달팽이관의 촉수에서 반짝거렸다.

"우리 할아버지가 '슬아! 넌 사람을 깊숙이 품어 주는 정다운 섬, 사람의 섬이 돼라!'고 늘 말씀해 주셨는데…; 정말 신기하구나! 전시된 뼈들이 '사람의 섬'이라는 퍼즐을 찰나에 맞추고 순식간에 사라지다니…. 정말 환상의 세계에서나 있을 법한 현상이야! 귀龜야, 네가 보여 주는 세계는 정말 놀라워!"

나는 놀라움과 감탄을 연발하며 귀龜에게서 눈을 뗄 수가 없었다.

"형은 분명 사랑이 깊은 아름다운 사람의 섬을 끊임없이 만들 수 있을 거라고 믿어!"

나와 눈을 맞추던 귀龜가 내 곁으로 바싹 다가와서는 어깨를 다독이며 말했다.

우리는 서로의 얼굴을 바라보며 의미 있는 미소를 지었다.

안정을 되찾은 나는 다시 거울 박물관을 둘러보았다.

난 변화무쌍한 거울 박물관을 관람하면서 무수한 세기의 아우라에 우주 자체가 뒤흔들리는 것 같았다. 아니, 어쩜 태초가 지금 이 자리에서 역행하고 있는 것도 같았다. 마치 신기루 속에 갇혀 있는 것도 같았고 끝없는 잠에서 영원히 깨어날 수 없는, 도저히 힘을 쓸 수 없는 깊은 잠의 수렁, 잠의 감옥에 갇힌 것 같기도 했다. 그동 안 내가 살아왔던, 나를 둘러싸고 있던 모든 관습, 사상, 지식, 습 관, 문화, 아니, 나의 생명까지도 한꺼번에 무시로 해체되고 있는 것 도 같았다.

어쩜 한 시대의 인간의 역사란 찌그러진 하늘가에 돋아나는 길 고 긴 오한처럼, 우리가 알 수 없는 저승의 발바닥까지 떨어지는 길 고 긴 잠의 감옥이 아닐까? 하는 생각에 수없이 곤두박질치던 시간 이기도 했다.

마침내 귀龜가 선실의 내 방으로 안내를 해 주었다.

"형, 내 방은 바로 옆방이니까 편하게 쉬고 있어. 천궁天宮까지 가 려면 아직 길이 멀어."

"그래, 알았어. 너도 나 때문에 신경 많이 썼을 테니 좀 쉬어야 지!"

귀龜가 내 방문을 닫고 나갔다.

나는 침대에 벌렁 누웠다. 그러다가 얼른 다시 일어났다.

닫힌 공연장 문 앞에서 쓰러진 채 흐느끼던 꼬마로 인해 긴 유 랑의 길에 들어섰던 나…. 그리고 어느 날 꿈결 같은 어렴풋한 물안개 속에서 전혀 다른 모습으로 변해 버린 꼬마 곱추였던 귀龜를 만나게 된 나⋯. 바다 나라에 들어와 지금의 바이칼호를 타고 거울 박물관에서 보았고 느꼈던 것들⋯. 조용히 정리해 보고 싶었다.

"그렇지, 그래! 기록을 남기자!"

난 침대에서 일어나 방안을 서성거렸다.

"그런데 난 화가인데⋯. 그림을 그릴까? 글을 쓸까?"

난 선실 창 너머로 돌고래가 솟구치는 모습을 바라다보았다.

"그림은 필요한 도구가 없으니⋯"

나는 재킷 주머니에 손을 넣어 보았다. 펜과 메모지가 들어 있었다.

"오호, 물에 젖지도 않고 멀쩡하네. 정말 신기한 나라네!"

나는 이마를 치며 외쳤다.

"그렇지! 시를 써 보자!"

나는 나의 선조와 인류의 뿌리, 문화와 관습, 사상의 모든 것뿐만 아니라 자그마한 일상사까지도 남기고 싶었다. 방황하며 길게 걸어왔던 시간들과 지금 거울 박물관에서 체험했던 기묘한 것들을 물방울처럼 흘려 우주, 삼라만상 끝까지 보내고 싶었다.

그해 유랑은 길었소!

천만년 광풍 속으로 살을 떨던 전생이

몽유병에 걸린 듯

소름마저 길게 누워 버린

시베리아를 횡단하였소

휘어진 지축의 몸통 위로

오망부리 궁상들이 몰려드는

거대한 시생대의 자간에 서자

살얼음을 걷는 시간의 쇠창살이

숨겨진 전설의 틈을 파고들고 있었소

혹한의 크럭스crux[2]

핏빛 무늬로 주춤거리는

바이칼호를 토해 내고

---

2) 암벽 등반에서, 등반이 가장 어렵고 힘든 지점.

그 혓바닥에 물린 꼬리의 공간이 무너지며
난도질당한 혈통이
휙휙 돌아
떠밀려 가는 빙하 조각에
낡은 고서의 첫 장이 열렸소

나는 그만
겨울의 밑바닥을 싹둑 잘라 내어
검은 이빨을 드러내는

통증을 기억의 무게에
짐짝처럼
매달고
달리다

그러다가
사람의 섬이 되고 싶다던
슬픈 넋의 문장 끝에서

서럽게 잠재우던 바람의 진혼까지
격한 삶을 떼어 내 읽었잖우

마침내
티끌로 얽어맨

지구의 깊고 깊숙한 곳에서부터
멀고 먼 세기의
글자들이 일시에 사투를 벌이는데

불쑥 문을 열며
발버둥치는 이생의 내력이
들끓는 심장의 해구에
숨통을 조여 왔소

거머쥔 밤의 비명이 거칠게 휘몰아쳤소

허무하게 떨어져 나간
고려인의 이름을 긷는
냉과리 가슴에
탐바당
던져진 영혼 몇 조각

산산이 부딪히는 넋의 숨자락마다
퍼 올라오는 열꽃의 흐느낌에
굴절된 반달은
열린 귀의 촉수를 쏟아 냈소

헝클어진 죽음 속으로
덜컹덜컹
태초가 역행하는 소리
세차게 곤두박이쳤소

변화무쌍한 세기의 아우라에
우주마저 뒤흔들린
신기루의 붓자락이

수시로 나를 해체시키던 그해

우람한 잠의 감옥을 업고
저승의 그림자를 향해
발바닥까지 떨어져 나가는

찌그러진 하늘에
오슬오슬
길고 긴 오한이 돋아났소

지도地圖 속에는
자꾸만 수심水深이 깊어 가는
사람의 섬이
은밀한 몸매를 섞고 있다오

내가 글을 마무리할 무렵, 누군가 내 방문을 두드렸다.
'누구지? 날 아는 사람이 없을 텐데…'

망설이고 있는데 문을 계속 두드리는 소리가 점점 요란해져서 할수 없이 일어나 문을 향해 걸어 나갔다.

"누구세요?"

대답은 않고 계속 문을 두드려 궁금증과 함께 의아심이 발동해 문을 조금 열었다.

"헉!"

난 너무 놀라 문을 얼른 닫아 버리려 했다.

그러나 문을 잡고 있는 힘이 너무 강해 움직이지 않았다. 얼핏 보아도 무지막지할 만큼 육중한 몸, 더 놀라운 것은 그가 지금 내가 알아들을 수 있는 언어로 말을 한다는 것이었다.

"놀라지 마세요!"

난 닫힌 입이 열리지 않았다. 내가 선실에 들어올 때도 전혀 본적이 없는 그! 그가 지금 내 방문 앞에 서 있는 것이었다.

"무-무-무슨, 무슨 일이세요?"

'입이 천근만근 같다는 옛 어르신들의 말은 지금 이때를 두고 한 말이리라.'

나는 내심으로 나 자신에게 위로와 격려의 말을 건넸다. 그리고는 거대한 몸집 앞에 삼라만상을 총집결이라도 시킬 듯, 내 몸 안에 있는 모든 정기를 두 주먹으로 불끈 모아들이고 있었다. 황급히 혼신의 사투와 장렬한 전투를 다지고 있는데 아련히 들려오는 굵은 저음!

"전 바다코끼리입니다."

순간 문이 활짝 열렸다.

"아뿔싸!"

나의 가벼운 외마디를 들었는지 못 들었는지 내 방 창밖으로 귀龜가 알려준 생소한 바다 생물, 밤에만 활동한다는 바다나리공생새우가 스쳐 지나갔다.

"밤이 깊어 가는데⋯."

"신슬 님! 난 당신께 해를 끼치지 않아요!"

그가 내 방 안으로 한 걸음 내밀자 그의 몸 전체가 레이저처럼 번쩍거렸다. 내 방 전체를 꽉 채우고도 남을 듯한 묵직함에 방이 흔들리는 듯했다.

"제 방이 크니 잠깐 제 방으로 오실 수 있으신지요?"

난 바다코끼리의 눈을 마주 보았다. 분명 어떤 간절함이 있는 것 같은 눈빛이었다.

"네, 그렇게 하지요."

난 애써 태연한 척 웃어 보이며 그를 따라갔다.

'귀龜의 나라는 정말 신기해! 모든 생물체가 서로 소통할 수 있다니! 집으로 돌아가면 기자 회견이라도 해야 할까 봐!'

나는 마음속으로 나를 위로하며 중얼거렸다.

바다코끼리가 한 걸음 뗄 때마다 배가 좌우로 흔들렸다. 그러나 곧바로 배는 중심을 잡았고 그도 아무렇지도 않은 듯 성큼성큼 걸어 나갔다.

얼마큼 지났을까?

마치 나선형 모퉁이를 돌고 돌아도 끝이 보이지 않을 것 같은 시간이 휘어지고 또 휘어지는 느낌이었다.

"내 방에 도착하려면 몇 번의 모퉁이를 휘감고 돌아가야 해요."

"선실 복도에 휘어지는 곳이 이렇게 많은 줄 몰랐는데요…"

갑자기 길이 미끌미끌해졌다.

몸이 고꾸라질 듯이 휘청거렸고 길이 몇 번이나 휘어졌는지 숫자를 세는 것조차도 잊혀질 무렵이었다.

"이제 조금 있으면 미로가 나타나니 곁으로 좀 더 바짝 다가오세요."

"미로라니요?"

선실 복도 천창天窓으로 밤바다의 음습한 정기가 물결 위에 반사되어 그 끝자락에서는 적막한 고독이 힘겹게 잠을 청하려는 듯 몸부림치고 있었다.

'어휴, 이렇게 복잡한 길에서 어떻게 내 방을 찾아 되돌아가지?'

마음속으로 중얼대는 말을 알아들었는지 그가 말했다.

"신슬 님 방까지 안내해 드릴 테니 걱정 마세요."

바다코끼리의 나지막한 저음의 목소리가 무겁게 복도 바닥을 짓누르며 흩어지고 있었다.

그때 갑자기 복도 바닥이 푸욱 꺼지는 듯한 느낌이 들었고 마치 내가 다른 세계로 빨려들어 가는 것 같았다.

"아아악! 이건 뭐죠? 으윽, 지금 내가 포디(4D) 영화관에 온 건 아니죠?"

세찬 바람과 함께 희뿌연 연기가 올라왔다.

바다코끼리의 모습은 잘 보이지도 않고 그의 목소리만 들려왔다.

"신슬 님! 미지의 한 영혼이 당신에게 질문을 할 겁니다. 신슬 님이라면 분명 지혜롭게 잘 대처하시리라 믿습니다!"

"아니, 영혼이라니요? 지금 빙의憑依 현상이 일어난다는 말입니까?"

나의 목소리는 공허하게 메아리쳤고, 나는 바다코끼리와는 닿을 수조차 없을 만큼 점점 더 깊은 나락으로 떨어져 가고 있었다.

난 갑작스런 이 상황에 너무 황당해 말 그대로 기가 막힐 지경이었다. 그래도 어쨌든 이 상황은 수습을 해야 한다는 사명감이 들었다.

"오, 어머님! 아버님! 조상님! 하나님!"

난 생각나는 모든 조력자들을 부르며 정신을 가다듬으려 안간힘을 썼다.

어둠 속에서 푸르스름한 빛들이 서로 엉켜 빙글빙글 돌았다.

뭔가 푸드덕거리는 소리가 들렸다.

어느 시점에 이르자 빙글빙글 원을 그리던 커다란 날갯죽지가 푸르스름한 빛을 파악 차고 올라왔다.

"허억, 저렇게 큰 날개를!"

그러더니 이름도 알 수 없는 엄청난 새가 눈알을 부라리며 내게로 날아오고 있었다. 재빨리 피하고 싶었지만 몸이 제대로 움직이지 않았다. 난 본능적으로 몸을 움츠리며 힘껏 뒹굴었다. 간신히 피한 듯했다.

'아니! 이게 뭔 일이람! 내가 4D 영화를 좋아하긴 하지만 내가 언제 스릴러thriller 주인공으로 캐스팅casting된 거지?'

정신이 없었지만 난 나 자신과 끊임없이 이야기를 나누었다.

"으하하하!"

어디선가 오싹한 웃음소리가 들려왔다.

나는 얼굴을 손가락으로 가린 채 살짝 엿보았다.

어둠 속에서 일렁이는 암흑색 늪지처럼 음침하고 축축한 냄새가 음울한 웃음소리와 함께 내 배꼽 위로 엉켜 붙는 듯했다.

그때 갑자기 흉측한 새의 혀가 길게 나오기 시작했다.

이제 바다코끼리와 나는 전혀 다른 세계에 있는 듯했고, 그 어디에도 바다코끼리의 모습은 보이지 않았다.

난 혼자 고군분투해야 하는 난관에 봉착했다.

한없이 적막한 공허 속으로 다시 한 번 깊고 암울한 웃음소리가 울려 퍼졌다.

"으하하-하-하!"

웃음소리와 함께 새의 기다란 혀도 점점 나를 향해 가까이 뻗어 나오고 있었다.

'나 원 참! 새가 웃는 건지, 혀가 웃는 건지 아니면 다른 도깨비가 웃는 건지 도저히 분간할 수가 없네!'

오싹했지만 난 정신과 마음을 가다듬으며 지속적으로 속으로만 되뇌고 있었다.

점점 코너corner에 몰린 나는 몸을 바짝 움츠렸다.

'으으, 만약 내가 다시 살아난다면 내 눈앞에 펼쳐지고 있는 믿을 수 없는 이 광경을 영화로 만들어야겠어!'

내가 영화를 만들려고 상상을 하는 그 순간, 뭔가 물컹한 게 내 허리에 닿았다. 비록 정신이 없었지만 새의 길다란 혀의 감촉이란 것을 단박에 알 수 있었다.

"난 망천忘天새 라고 하지!"

그의 긴 혀가 내 허리를 감기 시작하며 말했다.

"네? 망천새? 전, 전혀 들어 본 적이 없는 특이한 이름인데요!"

더듬거리는 입술을 겨우 휘어잡아 말을 건넸다.

새의 혀가 널름거리며 내 허리를 점점 더 감아들어 왔다. 그리고 그 징그럽고 길다란 혀가 내 몸을 휘감을 때마다 그의 말소리가 들려왔다.

'아무튼 이 세계는 모든 생명체가 서로 소통할 수 있는 신기한 세계야!'

난 소름이 돋는 것은 어쩔 수 없었지만 끝까지 나 자신을 기억하며 나와 대화하고 싶었다.

"난 이 망천해忘天海에 산 지 수억 년이지!"

나는 얼굴을 가렸던 손가락을 조금 내리며 물었다.

"망천해忘天海? 수억 년?"

'헐, 이 세계는 생명체가 수억 년 이상을 사는 모양이지!'

나는 놀란 가슴을 쓸어내리려는 듯 내심으로 되뇌며 입을 벌린 채 주변을 두리번거렸다.

내 뒤로 어둠에 휩싸인 늪지 같은 암갈색 물이 흐르고 있었고, 그 위로 희미한 물안개가 흐느끼듯 풀어져 내리고 있었다. 조금만 발을 헛디디면 그대로 빠져 버려 도저히 헤엄쳐 나올 수가 없을 것 만 같았다. 머리카락이 쭈뼛거리며 바짝 곤두섰다.

"넌 이 망천해에 빠지면 모든 기억을 잊어버리게 되지!"

"기억을 잊어버리다니요?"

다급해진 나는 계속 뭔가를 말해야 할 것 같았다.

"그, 그, 그런데 왜 나를 이곳으로 불렀나요?"

난 마음을 다잡으며 될 수 있는 한 느리게 말을 건넸다.

"내 긴 혀가 악마의 혀가 될지, 천사의 혀가 될지는 다 너에게 달 렸어."

"네? 그게 무슨 말씀이신지…"

"내 몸 안에는 수많은 영혼들이 숨겨져 있지. 물론 난 다른 생명체로 변신이 가능하고!"

"그럼 지금 보이는 이 엄청나고 괴악한 새의 모습이 얼마든지 변신 가능하단 말인가요?"

"네가 끝까지 너 자신을 잊어버리지 않고 내 기억을 되살려 준다면, 난 깊고 오묘하며 드넓은 하늘을 잊어버린 망천忘天새에서 그어떤 생명체의 모습으로든 모두 다 변신할 수가 있지."

"제가 무슨 수로 당신의 기억을…"

난 내 이름이 '신슬'이라는 사실을 잊지 않으며 다부지게 움츠렸던 몸을 폈다.

"빠져나오려고 몸부림치지 않는 게 더 편할걸!"

새의 긴 혀가 점점 허리 깊숙하게 감겨들고 있었다.

"끄윽…"

숨을 내뱉는 나의 목소리가 거칠어졌다.

흉측한 새의 눈알이 시뻘겋게 변하면서 핑글핑글 빠른 속도로 거침없이 돌아가고 있었다.

그럼에도 불구하고 나는 무언가는 해야 한다는 생각이 강하게 들었다.

순간적으로 물의 요정 팅팅의 모습이 보였다.

요술 봉이 내 머리 위를 스쳤다.

그러자 갑자기 내가 가장 기뻤던 때가 생각났다.

난 오래된 기억의 길고 긴 터널을 전속력으로 달려가기 시작했다.

그해 여름의 장마는 유난히 길고 끈적거렸다.

온 세상이 물속에 잠긴 듯했고 온갖 토사물이 곪아 터진 채 내장을 내보이며 솟구쳐 올라왔다. 퉁퉁 불은 우리의 소중한 삶의 찌꺼기들이 둥둥 떠내려갔다. 소도, 돼지도, 닭도, 살림살이도 목숨의 무게만큼 울부짖으며 뒤집힌 채로 내 배꼽과 허벅지 아래로 속절없이 허물어져 내려갔다.

양동이 가득 창궐한 흙탕물을 퍼내는 마을 사람들마다 시커먼 눈물을 퍼내며 목이 쉬도록 비명을 분만해 냈다.

그렇게 신성한 하늘에 수없이 뚫린 수억 개의 구멍들은 질척이는 비구름의 흑백 영사기를 쉼 없이 돌라댔다.

그래도 굴하지 않고 청아한 새로운 장면을 넘기려는 주름 깊은 어르신들의 필사적인 땀방울이 붉어지던 그 어느 날!

드디어 우리는 긴 장마를 탈출한 폐허 위에 새로운 시간의 씨앗을 뿌릴 수 있었다.

그 후 난 그때 울컥이던 그 한 모금의 씨앗 같은 기쁨을 내 생애 최고의 기쁨이라 일컫게 되었다.

기억이 여기에서 멈추며 나의 입가에 생애 최고의 웃음이 번졌다.

망천새의 긴 혀가 내 허리를 칭칭 휘감고 있었는지조차 잊었던 그 찰나!

망천새의 눈과 나의 눈이 마주쳤다.

망천새의 눈이 소금처럼 하얗게 반짝거렸다. 마치 어두운 망천해가 하얀 소금 세상처럼 빛나는 것 같았고, 난 눈부신 대해大海에 아주 작은 섬으로 떠 있는 것 같은 착각이 들 정도였다.

갑자기 망천새의 눈이 미세하게 떨리기 시작했다.

그러더니 어느새 점점 더 크게 눈알을 꿈틀거렸고, 급기야는 혀를 안으로 말아 당기듯 오열하는 소리를 내더니 일순간 허공을 향해 날개를 푸드덕거렸다. 붉은 녹물 같은 그의 눈물이 내 콧잔등 위로 떨어져 내렸다.

"흐-흐흑-흑, 흑흑흑…"

난 망천새의 울음소리를 들으며 내 콧잔등에 떨어진 그의 찌든 눈물을 손바닥으로 쓸어내렸다.

그런데 놀라운 일이 일어났다.

붉은 점액처럼 내 손바닥에 엉켜 붙은 그의 체액에서 밝고 환한 연분홍 꽃이 피어나기 시작했다.

그러더니 내 손안에 핑크빛 작은 고리 반지가 잠시 안길 듯 안길 듯 이내 사라져 가는 느낌이 들었다.

난 곧바로 이 가녀린 느낌만으로도 이 핑크빛 반지가 어떤 반지인지 금방 알아차릴 수 있었다.

"아아, 이 반지는 어릴 적 나와 별이가 서로 나누어 간직하기로 한 건데…."

나도 모르게 터져나온 외마디 탄성!

탄성과 함께 순식간에 분홍빛 반지를 낀 채 핑크빛 꽃을 가슴 가득 안고 있는 한 작은 소녀가 바로 내 앞에 서 있었다.

어디서 본 듯한 얼굴, 아, 아! 바로 어릴 적 내 친구 별이였다.

내 앞에서 활짝 웃음꽃을 피우고 있는 별이!

늘 내게 청아한 사랑으로 다가왔던 그 소녀는 꽃과 함께 키를 키우더니 금방 내 키만큼 자라났다. 다시 말하자면 지금 이 순간 내 또래의 어엿한 숙녀로 서 있었다.

어릴 적 추억과 함께 소식을 알 길 없어 안타까워했던 순간들이 주마등처럼 뇌리를 스쳐 갔다.

나는 별이와 곧잘 소꿉장난을 했고 그 시절 분홍빛 반지를 새끼 손가락에 서로 끼워 주며 놀곤 했었다.

좀 더 자라나면서 별이는 바이올린을 곧잘 켰고 특히 비탈리의 '눈물의 샤콘느' 연주를 즐겼다.

"난 망천해忘天海를 건너지 말라는 아버지와의 약속을 지키지 못한 어리석은 딸이었어!"

그녀는 울먹이며 떨리는 목소리로 말을 이어 갔고 난 신화 같은 그녀의 존재를 찾을 수 없어 번뇌했던 순간들을 떠올렸다.

"어느 비 오는 날, 난 환상인 듯 꿈인 듯 드넓은 바닷가를 거닐고 있었지. 그런데 잠시 비가 그치고 햇살이 얼굴을 내미는 듯하더니 그 너머로 무지개가 보이는 거야. 물론 그 무지개에는 온갖 화려한 보석들이 걸려 있었고 세상의 모든 부와 명예, 권력, 사치 등등이 아름답게 주렁주렁 열려 있었지. 난 너무 황홀해 쾌락의 욕망에 사로잡혀 마구 뛰어가 손을 뻗고 말았어."

난 비밀에 휩싸였던 그녀의 집안과 그녀의 존재에 대해 어렴풋하게나마 알 것 같은 느낌이 천천히 밀려오고 있음을 알 수 있었다.

"그 오만한 탐욕적인 세상 유혹에 그만 겉만 화려한 무지개를 건너고 보니, 그게 바로 아버지가 절대 건너서는 안 된다는 '망천해忘天海'라는 사실을 뒤늦게 알게 된 거지!"

뭔지는 정확히 모르지만 인생의 바다에, 그리고 별이와 나의 마음의 바다에 조용한 비가 내리기 시작했다.

"그 후 난 과거를 잊어버린 흉측한 망천忘天새가 되어 음습하고 암울한 늪지를 헤매는 업보를 짊어지게 되었지."

나지막한 별이의 음성에 세상의 온갖 고뇌가 담겨져 있었고 그 틈새로 간간이 흘러나오는 우리의 옛 추억을 엿볼 수 있었다.

어린 시절 함께 뛰놀던 해변가! 바닷가에서 불어오는 휘파람 소리 같았던 바람결! 우리의 웃음소리가 흩어지던 순간순간 속에서 은빛 모래성을 쌓았던 시간들! 썰물 때 조개를 캐던 우리의 정겨운 흔적들이 수줍은 모습으로 흐리고도 가늘게 새어 나오고 있었다.

우리는 말을 잃은 채 한동안 서로의 얼굴만 바라보고 있었다. 뭔지는 모르지만 잔잔한 기쁨, 조용한 희락이 흐르고 있었다.

난 내 가슴속에 깊이 감춰 두었던 작은 복주머니를 꺼내 별이에게 흔들어 보였다.

"열어 봐! 내가 늘 가슴 깊이 간직하고 다녔던 거야!"

수줍은 듯 별이는 천천히 주머니를 열었다.

"아, 놀라워! 이건 내가 끼고 있는 반지와 똑같은 거! 어릴 적 우리 이야기가 담긴 반지! 잊지 않고 있었구나! 고마워, 슬이야! 잊지 않고 기억해 줘서…. 그리고 너의 삶에서 처절했던 홍수 사건과, 그 폐허 위에 다시 뿌려진 귀중한 피땀의 씨앗이 가져다주었던 참된 기쁨을 내게 보여 주어서도 너무 고맙고…."

'역시 대단한 세계야! 난 단지 기억만 했을 뿐인데…. 이렇게 서로 소통이 잘되는 세상이 이처럼 깊고 암울한 망천해忘天海에서도 존재하는구나!'

난 놀라움을 금치 못한 채 속으로 중얼거리다가 얼른 입을 열었다.

"난 널 얼마나 찾았는지 몰라…. 그리고 홍수 사건은 단지 기억만 했을 뿐인데…."

"난 네가 신슬인지조차도 기억이 나지 않았거든!"

난 두 눈을 반짝이며 별이의 이야기에 귀를 기울였다.

"난 인생의 참된 기쁨, 진실된 희락이 무엇인지 제대로 몰랐어! 그래서 눈에만 보이는 허황된 거짓 기쁨과 가식적인 행복을 찾아 아버지가 넘지 말라던 탐욕의 망천해忘天海를 넘고 말았어. 뿌리도 없이 말라비틀어진 환상적인 무지개만 쫓아다니다 결국은 모든 것을 잃어버린 망천忘天새가 되고 말았던 거지!"

"어쨌든 괴악한 망천忘天새가 별이 너였다니, 전혀 상상하지도 못한 일이야!"

별이의 수줍은 미소가 붉은 작약꽃처럼 그녀의 작은 입가로 번졌다.

"넌 얼마든지 모든 생명체로 변할 수가 있다고 했는데 이제 어떤 생명체로 살아가고 싶은지 알고 싶어지네…."

"수시로 너에게 도움을 줄 수 있는 생명체가 되고 싶어!"

그 말에 난 어릴 적 엄마 품에서 느꼈던 행복한 아이로 변해 버렸다.

"슬아! 우리가 이 망천해忘天海를 빠져나가려면 내가 천상의 새로 변신해야만 저 높이 솟구쳐 올라갈 수가 있어! 그런데 이 천상의 새로는 내가 평생 단 한 번만 변신할 수 있거든! 음, 그러니까, 음음,

천상의 새로 변신하는 데는 내 영력의 절반 이상이 소모되기 때문에 더 이상 변신할 수도 없고 또 내 생명도 그만큼 위험해지거든!"

"그렇구나! 별이야, 너의 이 희생이 결코 헛되지 않게 우리 함께 참된 삶을 살자. 그래서 진정한 희락이 무엇인지 세상에 보여 주도록 하자!"

나는 반짝이는 별이의 눈망울을 바라보며 살며시 새끼손가락을 걸었다.

"음~ 그래! 그리고 그 후엔 난 휘파람새로 변신할 거야! 그래서 내 휘파람 소리가 날 때마다 우리가 함께 뛰놀던 정겨운 사람 냄새가 가득했던 그 바닷가의 바람결 속에서 쌓았던, 때 묻지 않은 소중한 추억을 기억하며 성결하게 살아갈 거야! 슬이 너와 함께!"

나는 별이의 청아한 음성이 내 모세 혈관까지 파고드는 것을 느끼며 별이를 가볍게 안아 주었다.

"슬이야! 내 등에 올라타!"

순식간에 별이는 천상에만 있다는 커다랗고 눈부신 하얀 새의 모습으로 변해 아름다운 날개를 푸드덕거렸다.

나를 태운 천상의 새, 별이는 힘차게 날갯짓을 하며 높이 더 높이 솟아올랐다.

때마침 망천해忘天海 위로 모락모락 피어오르는 물안개 너머, 환상처럼 맑고 고운 성결한 영혼들이 수없이 반짝거리는 것이 보였다.

그러더니 모두들 일제히 일어서서 우리를 향해 박수를 치며, 정성이 가득 담긴 오색찬란한 희락喜樂의 깃발을 끊임없이 흔들어 주고 있었다.

나와 별이는 환호하는 수많은 영혼들의 모습을 시야에 가득히 담은 채, 우주를 건너 구름을 가르고 천상의 세계를 향해 희락의 날개를 활짝 편 채 끝없이 날아올랐다.

쉼이
있는
시詩 언덕

▼
▲

장마 그리고 탈출

곽영애

누가 신의 경전에 구멍을 뚫었을까?

흙탕물이 범람하는 여름
흑백 영사기, 쉼 없이 거칠게 돌아간다

현실과 증강 현실 사이를 갈팡질팡하듯
혼돈하는 내 몸을 열고
무자비한 채찍이 가해진다

살점이 뚝뚝 떨어져 나가고
폭탄처럼 터지는 붉은 녹물에
퉁퉁 불은 삶의 찌끼
곪아 터진 내장을 보이며

둥둥
떠내려간다

양동이 가득 눈물을 퍼내는
목숨의 무게가
검게 출렁이고

허벅지 아래로 허물어져 내리는
시간의 경계가
뒤집힌 채
목이 쉬도록 울부짖는다

탈출한 온갖 토사물들이 천근만근
내 배꼽 위로
덕지덕지 엉겨붙는 밤

봉합하지 못한 경전 구멍으로
잔뜩

울음을 분만하는
비명 소리 요란하다

사태난 하늘을 잠재우려
내 젖은 가슴을 끓여

월컥월컥,
질척이는 영사기에 새 장면을 넘겨 보려
창궐하는 밑바닥까지 쏟아 내는데

제3부

신의 날개

- 당신에게는 당신도 알지 못하던 신의 날개가 있다.
  숨겨진 당신의 날개를 활짝 펼치는
  화평의 계기契機를 반드시 찾아라! -

내가 끝없이 추락했던 강풍 속에서 희부연 연기가 자욱했던 그 자리엔, 커다란 바다코끼리가 환호하며 은방울 종을 울리면서 반갑게 손을 흔들고 있었다.

나를 바다코끼리 옆에 내려 놓은 별이는 삽시간에 천상의 새에서 휘파람새로 변해 내 어깨 위에 다정하게 내려앉았다.

아찔하고 신비로운 시련을 넘나드는 삶의 오묘한 비밀의 지층에서 이제 겨우 한 꺼풀 비켜난 안도의 미소랄까? 아주 잠시 동안이었지만 바다코끼리와 나는 서로를 부둥켜안으며, 다독이는 미소 속에서 오랜 지음知音 같은 화평을 누릴 수 있었다.

나의 어깨 위에 가볍게 내려앉은 휘파람새 별이도 아름다운 목소리로 감미롭게 노래했다.

"바다코끼리 님! 제 친구 별이를 소개할게요."
바다코끼리의 얼굴이 환하게 웃음을 머금고 있었다.
"신슬 님이 맑은 영혼을 기억해 냈군요!"
"보이지 않는 곳에서 두 손을 모으고 간절히 응원해 주신 것 다 알아요!"
별이는 내 어깨 위를 가볍게 날아오르며 대답했다.

바다코끼리는 손에 들고 있던 은방울 종의 윗부분을 열었다. 그리고는 반짝이는 작은 알약을 꺼냈다.

"이것 드세요! 기력 회복에 아주 좋아요!"

아주 자연스럽게 작은 알약의 연한 하늘빛이 내 입속으로 들어오더니 저절로 '꿀꺽' 목구멍으로 넘어갔다. 동시에 휘파람새 별이의 부리 속으로도 스며들 듯 빨려들어 갔다.

"이제 가던 길을 계속 가야죠! 제 방에 가려면 아직 좀 더 가야 해서요."

나는 깊은 숨을 몰아쉬며 고개를 끄덕였다.

바다코끼리가 앞장을 섰고 별이는 내 어깨 위에서 나와 함께 보조를 맞췄다.

지난至難한 시간 속에서 긴 낭하를 걷다 보니 눈에 보이는 것과 보이지 않는 것의 미묘함이 얽혀 있는 것 같은 착각이 들었다. 그리고 이따금씩 긴 낭하의 잿빛 벽 위로 무엇엔가 그을린 것 같은 불티가 살짝살짝 엿보이기도 했다.

갑자기 바다코끼리가 가던 길을 멈춰 섰다.

"이제부터는 길이 미로인데요, 자칫 길을 잃을 수 있으니 각별히 주의하세요! 보이지 않는 복병은 언제든지 찾아오니까요!"

난 여력이 남아 있지 않았기에 그저 습관적으로 걷고 있었는데 이 말에 다시 가슴이 꽝꽝거리기 시작했다.

"네에? 또 무슨 일이…"

난 차마 말을 끝까지 잇지 못했다.

"허허~ 그저 저를 잘 따라오시면 됩니다. 그런데 혹시라도 장애물이 있어 저를 잃어버리게 되면 아까 하늘빛 알약을 드셨으니 많은 도움이 될 거예요."

바다코끼리의 커다란 발이 미로를 향해 성큼성큼 나아가는 소리가 그의 목소리보다 더 크게 들리는 것 같았다.

별이는 날갯짓을 하며 재빨리 날아올랐고, 나는 바다코끼리를 놓칠세라 온 정신을 집중해서 뒤쫓아갔다.

미로의 벽에는 수없는 생명체들의 눈동자가 그려져 있었다.

난 될 수 있는 한 그들의 눈과 마주치지 않으려고 앞만 보며 바다코끼리의 뒤를 부지런히 쫓아갔다.

휘파람새로 변한 별이는 부지런한 날갯짓으로 벽들에 그려져 있는 눈들을 부리로 날카롭게 쪼아 대며 따라가고 있었다.

난 빠른 걸음으로 숨 가쁘게 미로를 걷다가 순간적으로 아주 잠시 걸음을 멈춰 섰다.

벽에 있는 한 생명체의 눈이 나의 눈과 마주쳤기 때문이다.

그 눈동자는 아까 미로에 진입하기 전 긴 낭하의 벽에 살짝 그을린 것 같은 불티처럼 약간 그을린 모습을 하고 있었다.

그런데 이상한 것은 그 눈동자가 나에게 뭔가를 얘기하는 듯한 느낌이 들었다는 것이다.

'여기서 머뭇거리면 안 되는데…'

난 재빨리 걸음을 떼려 했는데 뭔가에 붙들린 듯 아무리 걸음을 옮기려 해도 발이 떼어지지 않았다.

"슬이야, 빨리 와!"

여전히 부리로 벽에 있는 눈들을 쪼아 대며 재빨리 바다코끼리를 따르고 있는 별이가 소리쳤다.

"그래, 알았어!"

그러나 나의 목소리는 미로를 휘감아 헛돌았고 난 그 눈동자를 뿌리칠 수가 없었다.

갑자기 움푹 패인 눈동자가 그려진 벽에 실금이 생겼다. 그리고 그 틈으로 반액체의 마그마가 흐르며 현란한 춤을 추던 옛 살로메[3]의 그늘진 입꼬리를 드러내 보이는 것 같았다. 적어도 내 눈에는 그렇게 보였다.

"정말 도무지 알 수가 없군! 바닷속을 다니는 배라지만 삼라만상의 상흔이 집대성된 깊고도 깊은 동굴 같으니…"

난 누가 듣든지 말든지 혼자 중얼거리며 주위를 살폈다.

순간 벽이 덜컹거리며 움직이기 시작했다.

난 나도 모르는 사이 살로메의 형상이 나타났던 벽에 손바닥을

---

3) 신약성경에 등장하는 헤로디아의 딸(마가복음 6장 21~28).

짚었다.

그러자 스르륵 벽이 열렸다.

"헉!"

벽 뒤로 사람이 들어갈 수 있을 만한 어두운 동굴 입구가 보였다.

난 본능적으로 동굴 입구로 들어가고 싶은 유혹을 느꼈다. 천천히 걸음을 떼었다.

동굴 입구에 들어서니 천장에는 온새미 고드름처럼 종유석들이 늘어져 있었다. 바닥과 천장, 벽 부분들이 차돌처럼 단단했고 그 차가움에 몸이 으스스 떨리며 오싹해졌다.

하지만 내 눈에 칼을 세우고 날카롭게 주위를 살피지 않을 수 없었다.

그때 다시, 사람의 목숨을 요구했던 살로메의 현란한 춤과 함께 모든 권세를 누렸던 왕[4]의 얼굴이 환상처럼 오버랩overlap되었다. 내가 처음 그을린 벽에서 발견했던 그 눈동자에 긴 수염은 새까맣게 그을린 채로…

"이게 환상인지, 현실인지 분간할 수가 없을 지경이네!"

난 누구든 있으면 대답해 보란 듯이 큰소리로 외쳤다.

그러자 내 귀에 속삭이는 듯한 소리가 들려왔다.

"난 모든 권세를 누렸던 왕이지! 권세의 상징인 긴 수염이 새까맣

---

4) 헤롯왕(살로메의 의붓아버지, 마태복음 14장 6~11).

게 그을릴 정도로…. 칠흑 같은 밤조차도 내 권세를 두려워했지! 그런데 너 길을 잘못 들었어."

"네?"

난 보이지 않는 목소리를 향해 되물었다.

"이 동굴은 인간의 욕망을 유혹하는 모든 것들이 결집되어 단단하게 굳어진 화강석으로 이루어져 있지!"

여전히 모습이 보이지 않는 목소리가 내 귓전에 나지막이 말했다.

"이 동굴은 끝이 보이지 않아!"

난 내 귀를 의심하며 잽싸게 뒤를 돌아보았다.

그러나 이미 동굴 입구의 문이 닫혀 출구를 찾을 수가 없었다.

어디서 날아왔는지 박쥐 떼들이 동굴 속을 난잡하게 휘젓고 있었다.

"으캬캬캬! 으아아악! 캭, 깍! 으아앵앵캬캬!"

난생 처음 들어 보는 박쥐들의 울음소리는 마치 버려진 갓난아기 울음소리와 한여름 밤 귀신들이 낄낄거리는 소리와도 같았다.

그 순간 내 등 뒤로 식은땀이 줄줄줄 흘렀다. 공포의 물결이 나를 잠식시키려 커다란 입을 벌린 채 나의 뒤통수를 세게 내려쳤다.

난 안간힘을 쓰며 호주머니에 손을 넣어 뭔가 나를 구해 줄 구조물이 없는지 살폈다.

손에 잡히는 것이 있었다.

그건 바다코끼리가 내 포켓에 넣어 준 작은 은방울 종이었다.

"아! 이건 바다코끼리가 나와 별이의 입에 넣어 준 연한 하늘빛 알약!"

난 환호성을 지르며 얼른 꺼내 뚜껑을 열었다. 그러자 하늘빛 알약이 내 목구멍으로 빛을 발하며 넘어가는 것을 느낄 수 있었다.

"이 끝없는 욕망의 동굴을 빠져나가려면 저항할 수 있는 힘이 필요해!"

난 누가 듣든 말든 나 스스로를 위로하며 큰소리로 말했다.

그런데 이상한 것은 내가 욕망의 유혹에 저항하겠다고 외치자, 동굴 내부에 한줄기 가느다란 하늘색 빛이 깜빡거리며 반짝였다.

"그렇지, 그래! 저 가느다란 빛을 따라가자! 그러면 출입문을 찾을 수 있을 것 같아!"

난 확실한 믿음을 가지고 그 빛을 따라 걷기 시작했다.

"그냥 가기 힘들걸!"

누군가 내 귓가에 속삭였다.

"무슨 소릴 하는 거야? 난 하늘색 빛만 잘 따라가면 된다고!"

누군가 내 목덜미를 와락 당겼다.

"잘 봐! 네 앞에 무엇이 버티고 있는지!"

"으아악, 헉!"

난 짧게 숨 가쁜 비명을 질렀다.

"당신은 살로메!"

나는 기억한다.

바다코끼리와 별이와 함께 미로의 길에 접어들었을 때, 마그마가 흐르는 벽의 실금 틈으로 희미하게 그려진 것 같았던 살로메의 모습을!

그런데 지금 그녀가 선명한 형상으로 내 앞에 버티고 있었다.

"내 얼굴을 자세히 봐!"

난 두 눈을 크게 뜨고 살로메의 얼굴을 바라보았다.

"아악, 당신 얼굴에 수많은 누에고치가 들끓고 있어!"

"네가 내 얼굴에서 어떤 누에고치를 선택하느냐에 따라 네가 이 동굴을 탈출할 수도 있고, 아니면 영원히 갇힐 수도 있지!"

난 살로메의 얼굴을 직시했다.

살로메의 얼굴에 들러붙은 모든 누에고치들은 머리를 아래로 향하며 저마다 찬란한 빛을 발하고 있었다. 아름다운 실들을 줄줄줄 뽑아내고 있는 모습들이 어찌나 매혹적인지 도저히 눈을 뗄 수가 없을 정도로 현란한 미를 뿜어내고 있었다.

말할 것도 없이, 당연히 모든 걸 갖고 싶은 내 소유욕, 탐욕을 자극하고 있었다.

그때 팅팅의 요술봉이 내 눈을 스쳐 갔다.

"그렇지! 유혹에 넘어가면 안 되지!"

난 크게 소리쳤다.

때마침 살로메의 얼굴에서 모든 찬란한 누에고치들에 가려져 있는 가장 병약하게 보이는 누에고치가 눈에 들어왔다.

연한 하늘빛 누에고치! 그는 현란한 빛을 발하는 모든 누에고치들 밑에 가려져 있었다.

그러나 그의 눈은 위를 향해 있었고, 고개를 길게 빼내어 하늘을 향해 솟구칠 것만 같은 동작을 반복하고 있었다. 오직 한곳만을 뚫어지게 바라보며 천천히, 그러나 심혈을 기울여 열심히 가느다란 하늘색 실을 천천히 뽑아내고 있었다.

내 손이 위를 향하여 날아갈 듯한, 그러나 병약한 하늘색 누에고치에게 다가가자 갑자기 펑, 하는 요란한 소리가 내 귀를 두들겼다.

난 잽싸게 두 손으로 두 귀를 막으며 동굴 밑바닥에 엎드렸다.

"넌 많은 것을 가질 수 있었는데 고작 고개를 위로 향한 병약한 누에고치를 택하다니…. 내가 늘 네 곁에서 세상의 모든 아름다움을 네게 줄 수 있는 찬란한 빛을 발할 수 있었는데…. 어리석은 것 아냐?"

두 귀를 꼭 막았지만 그 소리는 너무도 분명하게 반복적으로 내게 들려왔다. 난 그 소리가 들리지 않을 때까지 두 눈을 꼭 감고 있었다.

고요한 적막이 느껴질 때 난 감았던 두 눈을 떴다.

놀랍게도 난 처음 벽 문이 스르르 열렸던 그 장소, 그 미로의 벽 아래에 지친 듯이 누워 있었다.

미로의 벽들에는 여전히 수많은 눈동자들이 그려져 있었고 모두들 나를 바라보고 있었다.

난 서서히 일어나 옷의 먼지를 털었다. 그리고는 정신을 가다듬고 바다코끼리와 별이를 뒤쫓아가려고 마악 몸을 돌렸다.

그때 갑자기 웬 굵은 목소리가 내 등을 덜컥 잡아당겼다.

"난 살아 있는 분화구이지요!"

난 반사적으로 뒤돌아섰다.

벽에 그려진 수많은 눈동자들 가운데 유독 불에 많이 그을린 것 같은 한 눈동자가 말을 걸고 있었다.

'헉. 활화산 분화구!'

입은 움직였으나 말은 입 밖으로 나와 주지 않은 채 내 안에서만 소리치고 있는 황당한 순간이었다.

"으으~ 또 무슨 일이…. 이제 다시는 대꾸하지 않을 거야!"

난 결심을 단단히 하고 아무 말 없이 못 들은 척 몸을 돌이키며 발걸음을 떼었다.

"난 이 가로막힌 벽 속에서 잠들고 싶지 않아요! 기억해 주세요! 난 다시 다른 세계로 나가고 싶어요."

"네?"

난 엉겁결에 다시 뒤돌아서서 되물었다.

나의 질문에 아랑곳없이 미로의 벽마다 그려진 수많은 눈동자들이 묵묵히, 온통 다 나를 응시하고 있었다.

"한때 우리 모두는 미움과 분노에 사로잡혀 활화산 같은 사나운 눈동자, 분노의 눈동자로 살았답니다. 그러다 보니 부드러운 마음을 잃어버려 이렇게 차갑고 단단한 벽 속에 갇히게 되었답니다."

난 어쩔 수 없이 길게 울려오는 그을린 눈동자의 하소연을 들어야만 했다.

"현란한 유혹과 세상에 의해 내동댕이쳐진 삶의 뒤안길에서 우리는 활활 타오르는 분노의 분화구가 되었고, 그 열기로 난 이렇게 눈동자까지 그을리게 되었답니다."

갑자기 내 가슴이 뜨겁게 달아올랐다.

"그러나 이제는 따뜻하게 온정이 살아 있는 분화구가 되어 이 차가운 벽 속에서 나가고 싶어요. 미움 대신에 사랑을, 분노 대신에 화평을 전하고 싶어요! 도와주세요, 도와주세요!"

갑자기 나의 모든 생각이 한곳으로 집중되고 있음을 아주 강렬하게 감지할 수가 있었다. 난 모든 것을 내려놓고 벽 속에 갇힌 수많은 눈동자들에게 그들이 원하는 사랑과 화평을 실천할 수 있도록 자유롭게 해 주고 싶었다.

"제가 어떻게 하면 도움이 되는 건지요…."

"앞으로 당신이 보게 될 그림 속에 우리들의 벽을 해체시킬 수 있는 비밀이 감춰져 있어요. 제발 그 숨은 비밀을 잘 해결해 주세요. 그러면 저절로 이 벽 속에 갇힌 모든 눈동자들이 따뜻하고 정겨운 본향으로, 사랑의 품속으로 돌아갈 수가 있답니다!"

"네, 네! 잘 알았습니다! 힘껏 노력해 보겠습니다. 아니, 그런데 왜 하필 저에게 그런 어려운 일을 부탁하시는지요. 사실 전 비밀을 푸는 재주가 별로 없거든요."

"네에, 말하자면, 에, 그러니까 이 미로를 지나가는 생명체들은 수없이 많았답니다. 그런데 그 어떤 생명체도 벽에 그려진 그을린 나의 눈동자를 눈여겨보는 생명체들이 없었답니다. 다 그냥 미로를 헤쳐 나가기에 바빠 눈을 마주칠 겨를이 없었지요. 다들 관심 없이 오직 정면만 보고 재빨리 지나갔어요."

"네에, 그렇군요!"

자세히 보니 그의 두 눈 주위에는 안으로만 곪아 터진 크고 작은 생채기들을 드러내는 붉은 흉터들이 난잡하게 흩어져 있었다.

난 얼른 시선을 돌렸다.

저 멀리 가풀막진 미로들이 파편처럼 흩어져 시공간을 흐리고 있는 것이 흔들리는 삶의 고달픔을 대변해 주고 있었다.

"앞으로도 수많은 미로 사이에서 끊임없이 갈등하며 올곧은 길을 찾아내야 하겠지요. 내가 과연 어떤 그림 속에서 어떤 비밀을 풀어내야 하는 것인지 잘 모르지만…"

"지혜롭게 비밀을 잘 풀어 주셔서 우리 모두가 이 차가운 벽 속에서 해방되어 사랑과 화평의 고향을 되찾을 수 있게 도와주세요!"

난 그을린 눈동자의 하소연을 들으며 고개를 끄덕였다. 그리고는 이내 별이가 남긴 흔적이 있는지 두리번거렸다.

"어느 쪽 길로 가야 바다코끼리와 별이를 찾을 수 있는 거죠?"

난 벽들의 눈동자들을 향해 큰소리로 물었다.

그러자 내 눈을 열고 확 들어오는 것이 있었다.

이따금씩 보이는 패인 눈동자들!

휘바람새로 변한 별이의 부리가 벽의 눈동자에 힘껏 표식을 해 두며 날아가던 모습이 되살아났다.

"연기 같은 삶 속에서 우리들의 울음을 기억해 주세요!"

벽에 그려진 패인 눈동자와 그을린 눈동자들이 외쳐 대는 소리가 가슴속에 쿵쿵 울려퍼지는 것을 느끼며 난 재빨리 발걸음을 옮겼다.

끊임없이 다가오는 난감한 문제에 관한 명확한 해답을 찾지 못한 채, 나는 여기저기 발꿈치를 들어 올리며 별이가 남긴 흔적을 찾아 미로 속을 헤쳐 나가고 있었다.

그런데 어느 한 지점에 이르자 수없는 미로들 사이로 많은 석상들이 버티고 있는 것이 보였다.

천년바위상, 사자상, 거북이상, 소의 형상, 이름 모를 들꽃의 형상, 사람의 형상, 뱀의 형상, 독수리상, 분홍색 금어초Antirrhinum , 붉은 꽃 시네라리아Seneca cruentus , 연보라빛 스토케시아Stokesia, 커다란 날개만 두 개 그려진 형상…:

난 이 많은 석상들 중 어느 것을 선택하여 앞길을 헤쳐 나가야 할지 몹시 망설여졌다.

　난 별이의 부리로 남겨 놓은 흔적이 없는지 자세히 살폈다.

　아무런 표식을 찾을 수가 없었다.

　난 곰곰이 별이의 표지석이 될 만한 것이 무엇인지 생각해 보기로 했다.

　나는 제일 먼저 눈에 띄는 천년바위상을 바라보았다. 믿음직한 게 흔들림 없이 나의 삶을 안전하게 보호해 줄 수 있는 그 어떤 신비한 부富의 힘을 지니고 있는 것처럼 보였다.

　다음으로 사자상을 바라보니 왕 같은 권력을 놓치기 않기 위해 으르렁거리며 안간힘을 쓰고 있는 내 모습이 스쳐 지나갔다.

　거북이 형상은 등이 넓적하고 단단하여 넘어질 위험이 없는 영원히 든든한 나의 지지대가 되어 줄 것 같았다.

소의 형상은 용맹한 힘의 전사로 성실하고 끈기 있게 나를 지켜 줄 수 있는 평화의 상징으로 다가왔다.

이름 모를 들꽃의 형상은 내게 자유와 이상을 가득 심어 주며 아름다운 삶을 약속해 주리라는 행복감을 주었다.

사람의 형상은 나를 생각하는 사람으로 만들어 주며 존엄한 존재로 남게 해 주리란 기대를 걸게 했다.

뱀의 형상은 약삭빠른 동작으로 나의 내면을 지혜롭게 잘 파악하겠다는 판단이 섰다. 하지만 그 지혜를 악용할 우려도 다분하다는 생각이 들었다.

독수리상은 멀리 보는 눈이 있어 나의 미래를 보장해 주리라는 안도감을 주었다.

분홍색 금어초는 나의 모든 욕망을 다 채워 주고 활짝 피어나게 하리란 오만한 기쁨으로 가득 차게 했다.

붉은 시네라리아 꽃은 늘 내게 기쁨이 충만하게 해 줄 많은 사건들을 생각나게 했다.

스토케시아의 연보라 빛은 해맑고 깨끗한 나의 소녀상으로 다가왔다.

그리고 커다란 두 개의 날개 형상은 천상을 향해 날갯짓하며 모든 것들을 포용하고 용서하며, 사랑하며 어느 날인가는 나를 하늘로 이끌어 주리란 상상이 들게 했다. 마치 천상의 새로 변신한 별이가 나를 태워 망천해忘天海를 빠져나온 것처럼….

과연 어느 길을 택해야 별이와 바다코끼리를 만날 수 있는 걸까?

내게는 모든 길이 다 필요해 보였고, 다 나를 향해 손짓하며 부르고 있는 것 같았다.

그런데 내 마음이 무언가를 선택하려 하면 그때마다 석상 뒤에 검은 그림자가 나타나 내 마음을 섬뜩하게 했다.

난 참으로 긴 시간 동안 어느 한 길을 선택하지 못하고 망설이며 그곳을 배회하고 있었다.

어디선가 세미한 방울 소리가 은은하게 울려 퍼졌다.

그러자 순간적으로 망천해忘天海에서 나를 태우고 솟구쳐 날아오르던, 천상의 새로 변한 별이의 하얀 날개가 스쳐 갔다.

난 주저하지 않고 커다란 두 개의 날개가 그려진 석상 쪽으로 몸을 돌려 걸어가기 시작했다.

드디어 나는 천천히 두 개의 날개 형상을 하고 있는 석상에게 아주 가까이 다가섰다.

그러자 신기하게도 버티고 섰던 모든 형상의 석상들이 한꺼번에 사라졌다.

내가 서서히 날개 석상을 밀자 더 놀라운 광경이 내 눈을 밀고 들어왔다.

그곳은 한겨울이 마악 색칠을 시작한 듯한 어둡고도 무거운, 습기 가득 찬 바람이 매섭게 불어 대고 있었다.

다소 멀지만 그 건너편에 '바이칼호'라고 새겨진 긴 낭하의 난간이 얼핏 흐리게 보였다.

선명하게 보이진 않지만 휘파람새로 변한 별이와 바다코끼리는 안타까운 듯한 몸짓으로 내가 있는 쪽을 바라보고 있음을 감지할 수 있었다.

"젖은 바람이 부는 걸 보니 늪지 같은데…. 이 늪을 어떻게 건너야 하는 거지?"

난감한 나의 두 눈은 사방을 두리번거렸다.

그때 물기슭에 '생존의 늪'이라고 써 있는 작은 안내판이 눈에 들어왔다.

그 밑에는 초록색 글씨로 '평생 단 한 번만 건널 수 있는 늪'이라는 설명이 덧붙여져 있었다.

"생존의 늪? 평생 단 한 번만 건널 수 있다고?"

나는 침침하고 매서운 칼바람 속에 서서 이 '생존의 늪'을 건널 수 있는 방법을 찾아내려 안간힘을 썼다.

"참으로 인간이 사는 가치가 어디에 있는지 고민되네!"

나도 모르게 나오는 말에 팔짱을 끼며 물기슭 주변을 맴돌았다.

"지금까지 난 어디에 삶의 가치를 두고 살아온 걸까?"

생각이 여기에 미치자 고려인으로서 견뎌 내야 했던 우리 선조들의 아픈 역사가 떠오르며, 가슴이 저려 오는 극심한 통증에 견딜 수가 없었다. 난 그대로 늪 주변에 주저앉아 마음의 화평을 찾으려 몸부림쳤다.

"그래! 선조님들을 통해 견뎌 내는 법을 배우자! 그리고 본받자! 무엇보다도 모든 것을 긍정적으로 해석할 수 있는 능력이 중요해! 그래야 내 마음의 평화를 누릴 수 있고 모든 관계도 화평할 테니까…."

난 내 마음의 화평이 무엇보다도 중요하다는 사실을 느꼈다.

그러자 극심했던 가슴의 통증도 견딜 수 있을 만큼 미세하게 저려 옴을 알 수 있었다.

난 주저앉아 쭈그렸던 몸을 서서히 일으켰다.

눈앞에 나타난 생존의 늪 특유의 암습하고 매서운 겨울바람이 시원하게 내 얼굴을 감싸고 있는 듯했다.

"평생 단 한 번만 건널 수 있는 늪, 다시는 건널 수 없되 반드시 건너야만 하는 이 필사적인 운명의 늪이라면 기꺼이 마음의 평화를 잃지 않고 받아들일 거야!"

난 주변을 몇 번씩이나 돌며 늪지의 상태를 살폈다.

내가 발을 들여놓았을 때 과연 헤엄쳐서라도 건널 수 있는 것인지, 아니면 발목이 점점 빠져나올 수 없는 깊은 심연으로 빠져들어 가는지….

"일단은 한 발을 들여봐 보자!"

난 다짐한 듯 하늘을 우러러 입술을 열었다.

"신의 날개가 저의 모든 허물과 약함을 포근하게 감싸듯이, 신의 날개의 문을 열고 이곳에 들어선 이 마음에 화평이 넘쳐 나게 하시며 살아남게 하옵소서!"

나는 간절한 간구를 했다.

그러자 순간적으로 모든 두려운 마음이 사라진 듯했다.

난 두 주먹을 불끈 쥔 채 두 눈을 치켜뜨고 담대하게 한 발을 늪지에 담갔다.

"으아악~!"

난 순식간에 허리까지 빠져들어 가는 나의 모습을 보았고 동시에, 또 다른 내가 나타나 늪지 위를 성큼성큼 걸어가는 모습이 환상처럼 스쳐갔다.

"이대로 생을 마감할 순 없지!"

난 위급한 상황임을 알았지만 이미 이 늪지를 건넌 별이와 바다코끼리가 있음을 기억했다. 또한 평생 단 한 번만 건널 수 있기에 그들이 되돌아와 나를 구해 줄 수 없다는 것도 직감했다.

그러나 내 마음의 굳은 의지와는 반대로 체념하고 싶은 유혹이 강하게 밀려오기도 했다.

"아! 이렇게 이유도 모른 채 선하고도 애틋한 그 마음 하나로만 바다코끼리를 따라나서다니…."

이렇게 서글픈 생각을 하니 더욱 더 늪지에 빨려들어 가는 것 같았다.

"그러나 후회하지는 않는다. 나를 필요로 하는 선한 곳이라면 언제든지 간다!"

평범했던 일상의 순간들이 주마등처럼 스쳐 지나갔다.

평범한 것이 천국임을, 그리고 그 평범함이 지극히 소중한 사명이라는 깨달음이 왔다. 나를 괴롭혔던 모든 사건 속의 얼굴들 역시도 나를 성장시키는 요인이었음에 고개를 숙였다.

"모든 것이 버릴 것이 하나도 없는, 가치 있는 삶의 필연임에 감사합니다!"

난 큰소리로 허공을 향해 외쳤다.

그러자 내 마음에 평화의 강물이 샘솟아 나를 늪지 밖으로 밀어내고 있음이 보였다.

놀랍게도 어느새 난 늪지 한가운데 있는 '화평의 숲'이라는 팻말 옆에 서 있었다.

비록 몸에는 온갖 오물이 질펀했지만 난 화평의 숲이라는 말에 긴장이 풀렸다.

순간적으로 한바탕 길게 늘어져 잠을 자고 싶어 아무 곳에나 벌렁 누워 버렸다.

갑자기 윙윙거리며 나의 어깨를 툭 치는 포근함이 느껴졌다. 그리고는 이내 귀龜의 모습이 내 눈가를 스쳐 지나감과 동시에 작은 물의 요정 팅팅이 나타났다.

"아, 팅팅! 나타나 줘서 고마워. 그런데 평생에 단 한 번만 건널 수 있다는 이 늪을 어떻게 건너가야 할지 잘 모르겠거든…. 생존의 늪 한가운데에서 아직도 갈 길이 멀기만 해…. 도와줘, 팅팅!"

"신슬 님! 화평을 잃지 않으면 언제든 도움의 손길이 온다는 것을 기억해 주세요. 그리고 귀龜 왕자님도 늘 그런 당신을 잊지 않고 있어요!"

"그래, 그래! 고마워! 그렇지 그래! 귀龜가 나를 기억하고 있지! 늘 내 곁에 있다고 말했지!"

"신슬 님 곁에는 귀龜 왕자님도, 팅팅도, 보이지 않는 많은 생명체들도 항상 곁에 있어요!"

팅팅은 평화로운 미소를 지으며 요술 봉을 들어 내 몸을 향해 은 가루를 뿌렸다.

그러자 내 몸에 붙어 있던 온갖 오물이 사라지고 향기로 가득 찬 흰옷으로 갈아입은 내 모습을 볼 수 있었다.

곧이어 팅팅은 요술 봉을 높이 하늘로 향해 들고 커다란 동그라미를 그렸다.

그러자 어두운 늪 위로 둥근 달이 떠올랐다.

눈을 들어 보니 달을 헤치고 날아오는 커다란 새 한 마리가 보였다.

콘도르Condor!

그의 멋진 날개 소리가 마치 신의 날개가 활짝 펼쳐진 것처럼 매우 크고 강하게 들려왔다.

"와, 너무 멋진 광경이야!"

그러나 난 곧 그 우람한 소리에 귀를 막으며 무의식적으로 얼른 두 눈을 감고 땅에 엎드려 고개를 숙였다.

날개가 접히는 듯 사뿐히 내려앉는 느낌이 들 때까지 난 그렇게 꼼짝하지 않고 있었다.

"신슬 님! 빨리 콘도르에 올라타세요!"

팅팅의 목소리가 나를 일으켜 세웠다. 그리고는 콘도르에 안정되게 올라타도록 손을 잡고 이끌어 주었다.

"신슬 님! 우리는 언제나 신의 날개 아래 있다는 걸 잊지 않으면 그 어떤 상황에서도 평화의 강물은 솟아난답니다!"

내가 날아오는 콘도르에 온 정신을 집중시키는 사이 팅팅은 이 말을 남기고 어디론가 사라졌다.

난 자신감 있게 콘도르의 날개를 쓰다듬으며 또 한 번의 비상飛上을 경험했다. 그리고는 언제 끝날지도 모르는 긴 여행의 모험에 나름대로 정의를 내렸다.

"언젠가 반드시 끝이 오기에 어떤 상황에서든 신이 주신 화평을 절대 잃어버리지 말자. 아자아자!"

난 큰소리로 외치며 휘파람새로 변한 별이와 바다코끼리를 향해 커다란 날개를 활짝 펼치는 콘도르와 혼연일치가 되었다.

그의 날개는 마치 신의 날개처럼 온 하늘을 뒤덮는 것처럼 보였고, 나는 광활한 궁창의 옷자락에 휘감겨 여행하는 신선한 평화 속에 푹 잠겼다.

쉼이
있는
시詩 언덕

▼
▲

굼부리가 깊어질 때

곽영애

퇴적된 그의 가슴 위로 소떼 구름이 얹히자
우르르 우르르
신의 혈관이 솟구쳐 올랐네

수억 겹의 시간을 타고
움푹 패인 망곡望哭이 엎드려
머리를 맞댄 다랑쉬오름

어깨 너머
떠도는 발가락 사이로
살로메의 그늘진 입꼬리가
갈래갈래 흩어지던 날

마그마에 부딪힌 동굴 입구엔
불안한 호각 소리
시꺼먼 연기 같은 죽음을 낳았네

금지된 시대에 속도가 켜지고
사람들은 소나기 울음으로 남겨진 채

고별이 깊어 가는 언덕의 지지대를 타고
설움에 겨운 할미꽃 한 송이

발꿈치를 들어올려
위태로운 안부에 목메는 순간

두 눈을 질끈 감는 그의 숨소리
짓무른 내 영혼의 덩굴로 휘감기네

제4부

폭풍우의 길에 서다

- 인생은 오래 참음으로 끝없이 질문하며
전진하는 거란 말 들어 봤소?
폭풍우를 두려워하는 것은 거센 물길을 달려
기필코 출구를 향해 돌진하는,
당신만이 지닌 끈질기고도 정결한 백마의 기질을
의심하기 때문이라는 생각 안 해 봤소? -

내가 콘도르에서 내리자 별이와 바다코끼리의 환호성이 들려왔다.

"야호~! 와! 와우!"

"모든 걸 무사히 잘 통과하셨어요! 정말 잘 견뎌 내셨습니다!"

바다코끼리가 달려왔고 휘바람새 별이도 푸드덕거리며 날아와 내 어깨에 내려앉았다.

나는 바다코끼리와 눈을 맞췄다.

"도대체 이 끝은 어디인 건지요?"

바다코끼리는 내 손을 따뜻하게 잡았다.

"오래 참음 뒤에는 반드시 아름다운 인고忍苦의 꽃이 피어난답니다!"

난 바다코끼리의 빛나는 눈빛을 마주하며 이내 별이를 향해 정겨운 마음을 건넸다.

"별이야, 걱정 많이 했지? 미안해!"

난 별이를 손바닥으로 안으며 말했다.

그 순간 빨갛게 충혈된 별이의 부리가 내 눈을 파고들어 왔다.

난 단번에 별이의 부리가 왜 그렇게 피멍울이 맺혔는지 잘 알 수 있었다. 가슴이 먹먹해 왔다.

"별이야! 벽마다 표식을 남기느라 너무 아팠구나! 미안해, 미안해!"

난 울먹이며 별이를 품에 안았다.

"난 괜찮아. 네가 무사히 잘 찾아와서 너무 기뻐!"

난 별이가 왜 휘파람새로 변했는지, 밤의 파편처럼 내 가슴속으로 흩어져 흐르는 사랑에 목이 메였다.

"이제 한 모퉁이만 돌면 제 방에 도착합니다. 정말 힘든 걸음 해 주셔서 너무 감사합니다. 조금만 더 힘을 내 주세요!"

바다코끼리가 앞장서며 걸음을 옮겼다.

나는 별이를 품에 안고 바다코끼리를 뒤따라갔다.

커다란 아치형 문 앞에서 바다코끼리가 멈춰 섰다.

"신슬 님! 다 왔습니다."

난 안도의 숨을 내쉬기에 앞서 긴장감을 감출 수가 없었다.

"또 어떤 문제가 내 앞을 가로막고 있는 걸까…"

난 별이를 쓰다듬으며 중얼거렸다.

바다코끼리가 은빛 열쇠를 꺼내 문을 열었다.

문을 밀자 오색 빛깔의 수많은 빛들이 쏟아졌다. 마치 빛의 향연이랄까? 빛들의 놀이터랄까?

"아~! 너무 아름다워!"

별이는 '포롱, 포로롱' 드넓은 공간을 날아다니며 감탄사를 연발했다. 어디서 날아왔는지 수많은 종류의 새들이 저마다 독특한 빛깔을 지닌 채 '지지배배, 지지배배' 지저귀며 휘파람새 별이의 곁에 모여들었다.

바다코끼리의 방은 그 몸집만큼이나 커다란 대전大殿 같은 공간에 아름다운 호수, 천연의 수많은 빛을 지닌 반딧불, 자색 운석, 휘황찬란한 꽃등들이 걸려 있었다.

또한 호수의 수면에는 저마다의 아름다운 빛을 발하고 있는 수많은 물고기들과 화초와 풀과 나무들이 서로 어우러져 반짝반짝 오묘한 광채를 발하고 있었다.

"바다코끼리님! 전혀 예상치 못한, 너무 놀랍고 아름다운 풍광으로 둘러싸인 곳이네요!"

"천년의 비상飛上을 위해 모두들 독특한 빛의 파장을 저장해 두며 수련을 쌓고 있는 중이랍니다."

바다코끼리의 말이 채 끝나기도 전에 무리를 지은 선남선녀들이 걸어 나왔다.

그리고 곧이어 커다란 타조를 거느린 긴 수염의 백발 노익장老益壯이 부드러운 미소를 띤 채 우리들 앞에 멈춰 섰다.

바다코끼리는 공손하게 몸을 낮추며 노익장을 대했다.

"우리 도화到和 사부님이십니다. 도화到和 사부님이 명하신 대로 신슬 님과 휘파람새 별이를 모시고 왔습니다."

도화到和 사부님의 얼굴이 환하게 빛을 발하고 있었다.

"처음 뵙겠습니다."

나는 몸을 굽혀 겸손하게 인사를 드렸고 별이는 도화到和 사부님의 주위를 낮게 맴돌며 인사를 드렸다.

"어려운 난관의 길을 뚫고 여기까지 와줘서 정말 고맙네!"

나는 뭔지는 모르지만 경이로움과 함께 심오함마저 느껴지는 도화到和 사부님의 따뜻한 환영에 감격했다.

"여기까지 무사히 오신 것을 환영합니다. 정말 반가워요!"

선남선녀들도 하나같이 나와 별이를 매우 정겹게 맞아 주었다.

"서로 인사 나누세요! 우리 도화到和 사부님의 수제자들입니다. 반야半夜, 공손화恭遜華, 무진장無盡藏, 천강향天江香."

"만나게 되어 반갑습니다!"

우리 모두는 자연스럽게 원을 그리며 서로 눈을 맞추었고 손을 잡은 채 긴 이야기로 마음을 나누었다.

"우리 모두 삶의 끝까지 동행하는 진실된 친구가 되기로 합시다!"

"좋아, 좋아!"

모두들 큰소리로 손뼉을 치며 기뻐했다.

도화到和 사부님과 커다란 타조도 즐거운 듯이 우리 모두를 지켜보며 흐뭇한 미소를 머금었다.

"나도, 나도 모두의 친구가 될 거야!"

어디서 날아왔는지 물의 요정 팅팅도 친구가 되겠다며 마구 금가루를 뿌려 댔다.

나와 별이는 일행을 따라 바다코끼리의 방을 둘러보다 한 가지 특이한 점을 발견했다.

그것은 바다코끼리 방의 곳곳마다, 즉 배의 사방 및 천정까지도 열고 닫을 수 있는 개폐식으로 되어 있다는 것이다. 게다가 그 모든 것들이 언제든지, 바닷속은 물론 바다 밖의 푸른 하늘까지도 연결이 되게 설계되어 있다는 점이다.

"오, 잠수함 역할 뿐만이 아니라, 하늘 끝까지라도 날아갈 듯 열려진 천창으로는 드넓은 하늘까지 보이는구나~!"

자세히 보니 별이와 내가 보았던 그 찬란한 빛들의 향연은 방 안의 장식도 있었지만, 방바닥의 엷은 색유리에 비춰지고 있는 바닷속의 아름다운 풍광과 푸른 밤하늘의 오묘한 하모니harmony가 만들어 낸 절묘함의 극치라 할 수 있었다.

또한 빛의 파장과 강도가 그때그때마다 달라지는 것이 도화到和 사부님은 물론 그 수련생들과 연관이 있는 듯한 느낌이 들었다.

바다코끼리도 천년의 비상飛上을 위해 모두들 독특한 빛의 파장을 저장해 두며 수련을 쌓고 있는 중이라고 말하지 않았던가!

때마침 열려 있는 천정의 창문을 통해 총총한 별빛이 쏟아져 내렸다.

"히야, 정말 놀랍다, 놀라워! 누가 설계하여 이 배를 만들었는지 모르지만 변화무쌍한 초超변신이네!"

나는 감탄사를 연발하면서 가볍게 날던 별이를 어깨 위에 앉혔다.

그때 앞장서던 바다코끼리와 도화到和 사부님, 커다란 타조 및 네 명의 수제자들이 초록빛 커튼으로 가려진 한곳에서 멈춰 섰다.

초록색 커튼을 젖히자 단 하나의 그림이 걸려 있었다.

그들은 그림 앞에서 저마다 경의를 표했는데 그때 도화到和 사부님의 등 뒤로 커다란 날개가 솟아올랐다.

도화到和 사부님 곁에 있던 커다란 타조 역시도 날개를 활짝 펼쳤다.

그리고 네 명의 수제자 역시도 저마다 독특한 날개가 펼쳐졌다.

바다코끼리는 연신 두 손을 모으며 기도하는 자세를 취했다.

나와 별이는 영문도 모른 채 그저 경건한 몸가짐을 취했다.

그런데 그 그림은 왠지 모르지만 독특한 분위기를 연출하는 신비로운 그림이란 느낌이 들었다.

벽 한가운데 걸린 여인의 그림!

여인은 자애로운 미소를 지은 채 등에 솟은 날개를 활짝 펼치고 있었다. 그것은 마치 날개 위에 여인의 미소가 걸려 있는 듯하여 묘하고도 어떤 경이로운 분위기마저 풍기고 있었다.

"우리 시조始祖이시네!"

도화到和 사부님이 나와 별이에게 그림 속의 여인을 소개했다.

나는 예의를 갖춰 두 손을 맞잡고 숙연히 고개 숙였고, 별이는 내 어깨 위에서 경건한 날갯짓을 했다.

"오늘은 여기까지 오느라 고생했으니 푹 쉬고 내일 다시 보세!"

"네! 잘 알겠습니다. 감사합니다!"

도화到和 사부님과 커다란 타조 및 수제자들은 바다코끼리에게 나와 별이를 맡기고 뒤돌아서더니 금방 '펑' 소리를 내며 사라졌다.

그런데 이상한 것은 뒤돌아섰을 때 그들의 등 뒤에 솟아났던 날개는 어디로 갔는지 보이지 않았다는 점이다.

"바다코끼리야! 도화到和 사부님과 수제자들의 날개는 필요할 때만 솟아나나 봐!"

나도 모르게 바다코끼리에게 질문을 던졌다.

"그래, 맞아! 상황에 따라 보이기도 하고 안 보이기도 하지!"

어느새 우리는 친구처럼 포근한 언어를 사용하고 있었다.

바다코끼리는 앞장서서 우리를 어느 한 방으로 안내했다.

"아무 걱정 말고 푹 쉬도록 해! 식사는 자판기의 번호만 누르면 자동으로 차려지니까."

바다코끼리는 책상 위에 놓여진 자판기를 가리켰다.

"긴장이 풀려 그런지 너무 피곤해!"

나는 바다코끼리를 보며 어설프게 웃어 보였다.

"내일 내가 올 때까지는 모든 피곤이 풀리고 원기를 되찾을 거야."

바다코끼리는 너스레웃음을 터뜨리며 방을 나갔다.

나는 뒤돌아서서 방을 나가는 바다코끼리를 바라보다 재빨리 침대에 벌렁 누워 버렸다.

별이는 자판기의 번호를 누르며 많은 음식을 차렸다.

나는 일단 복잡한 모든 일들은 다 내려놓고 별이와 신나게 먹고 쉬기로 했다.

밤의 노랫소리가 나의 내면을 타고 흘러 나와 시간을 멈추게 한 기분이었다.

똑똑똑.

누군가 방문을 노크하는 소리에 나와 별이는 침대에서 일어났다.

문을 열자 챙이 넓고 짙은 남색 겨울 바다 물결의 모자를 쓴 바다코끼리의 모습이 보였다.

바다코끼리는 우리에게도 나름대로 운치 있는 모자를 건네주었다.

나는 평화를 상징하는 주황색 비둘기 형상의 모자를 썼다.

휘파람새 별이는 어두운 밤하늘을 총총하게 빛내는 별 모양의 노랑색 작은 모자를 썼다.

오늘은 왠지 동화 나라로 날아갈 것 같아 모두들 서로를 바라보며 통통 튀는 웃음을 터뜨렸다.

우리 셋은 커다란 거울 앞에서 나름대로 멋진 포즈를 취하기도 하며 서로의 마음을 따스하게 녹여 주는 시간을 가졌다.

"우리 도화到和 사부님과 수제자들이 빛을 연마하는 수련장에 가 볼까?"

"그래, 그래, 그러자! 정말 어떻게 빛의 파장을 연마하는지 보고 싶었거든!"

"우와, 신난다! 야호!"

우리는 어느새 절친한 삼총사가 되어 기분 좋게 방을 나섰다.

수련장의 문을 열자 쌍무지개 빛에 눈이 부셨다.

우리 모두는 각각의 모자를 깊숙이 눌러쓰며 강렬한 빛의 반사를 가능한 줄이면서 도화到和 사부님과 수제자들 곁으로 걸음을 내딛었다.

머리카락을 모두 밀어 버린 사나이 반야半夜는 북쪽을 향해 돌아앉은 채 눈을 감고 있었다. 그리고는 마치 흑암의 세력과 싸우는 듯한 강렬한 동작과 함께 얼굴의 반은 차디찬 흑색으로, 반은 허연빛의 도깨비불로 번쩍이는 듯했다. 단번에 무언가와 끈질기게 투쟁하고 있음을 알 수 있었다.

앳된 여제자 공손화恭遜華는 남쪽을 향해 공손하게 두 손을 모은 채 파랑 빛만을 온몸으로 모아들이며 머리부터 발끝까지 파랗게 물들고 있었다. 그리고 마치 수많은 파랑새를 품어 내리는 듯 파랑 빛의 파장들이 날개를 퍼덕이고 있었다.

어깨가 끝없이 넓고 굵게 보이는 청년 무진장無盡藏은 머리카락을 길게 땋아 늘어뜨린 채 서쪽을 향해 가부좌를 틀었다, 폈다를 반복했다. 그러면서 그의 크고 길다란 귀 뒤로 불쑥불쑥 소용돌이치는 붉은빛의 파장들을 달래듯이 서서히 둘둘 말아 올리고 있었다.

그런데 이상한 것은 붉은빛의 파장들이 말아 올라 갈 때마다 내가 알 수 없는 글자들이 바닥에 떨어지며 묘한 괴성을 지르고 있다는 것이다. 마치 분노로 가득 찬 화산의 혈관이 솟구쳐 오르다 극심한 절제력을 끌어안고 주저앉을 때 나오는 극도의 신음소리처럼, 둔탁하면서도 고통스럽게 질척거렸다.

나는 재빨리 눈길을 돌려 보랏빛의 파장들에 휩싸여 있는 긴머리의 천강향天江香을 향했다.

천강향天江香의 긴치마 폭이 동쪽으로 좌악 펼쳐졌다. 보랏빛의 파장 위에 서서 곡예를 하는 천강향天江香의 주위엔 보랏빛 나비들이 모여들어 서로 함께 동쪽 하늘을 수놓으며 훨훨 날아다니고 있었다.

도화到和 사부님은 등 뒤에 솟은 커다란 날개를 펄럭이며 타조를 타고 동서남북을 빙빙 돌아다니며, 제자들에게 수많은 빛의 파장들을 날려 보내고 있었다.

모든 제자들은 맡겨진 방향에서 각각의 빛깔로 도화到和 사부님이 보내는 수많은 빛의 파장들을 막아 내며 힘을 키우는 듯했다.

바다코끼리는 이들의 수련을 방해하지 않으려는 듯 침묵하며 짙은 남색을 띤 겨울 바다 물결 모자챙으로 연신 얼굴을 가렸다.

바다 물결이 그의 얼굴로 가득 차올라 출렁, 출렁이며 수련장 전부가 바다 냄새로 넘실거리는 환상이 펼쳐지는 듯했다.

또한 그것은 오묘한 빛의 파장들과 조화를 이루려는 남빛 바다 물결의 몸짓으로, 육지를 품고 동서남북의 하늘 끝까지 날아오를 것만 같았다.

　나는 걸음을 멈추려고 깊숙이 눌러쓴 주황 비둘기 모자를 살짝 들어올렸다.
　그러자 휘파람새 별이의 노랑색 별 모자가 꿈틀거리는 것이 보였다.
　그리고는 이내 열리는 듯하더니 작은 호로병이 내 품속으로 날아들어 왔다.
　호로병 속에는 이미 형형색색의 빛들이 담겨져 있었고 나는 얼떨결에 호로병을 안은 채 서 있었다.
　"그건 별나라에서 온 호로병이야!"
　도화到和 사부님이 타조에서 내리며 내게 말을 했다.
　"그런데 왜 이 호로병이 별이 모자에서 떨어져 내 품속으로 날아든 것일까요?"
　"차차 알게 되겠지만 자네가 별이와 함께 이곳에 온 목적이 이 호로병 속에 담겨 있지!"
　나는 그저 묵묵히 도화到和 사부님의 얼굴을 멍하니 바라볼 수밖에 없었다.
　"휘파람새 별이의 노랑별 모자와 우리 네 명의 수제자들의 빛의 파장, 나의 강력하고 총체적인 빛의 파장은 물론 자네의 주황 비둘기 모자, 바다코끼리의 짙은 남색 겨울 바다 물결 모자, 그림이 전시

된 초록빛 커튼, 그리고 이 시공간에서 파생되고 있는 모든 오묘한 빛들의 파장, 즉 우리 모두가 지니고 있는 온갖 빛의 파장들이 서로 결합하고 부딪히면서 산산조각이 난 세상의 아픈 영혼들을 이 호로 병 안으로 모아들이고 있는 거랄까…."

나는 도화到和 사부님의 얼굴을 바라보면서 이 수련장은 마치 빛들의 전쟁과 평화가 공존하는 곳이라는 생각이 들었다.

어느새 나와 별이는 수련장을 빠져나와 도화到和 사부님과 네 명의 수제자들, 그리고 바다코끼리에게 이끌려 앞으로 나아가고 있었다.

잠시 후, 우리 모두는 초록빛 커튼에 가려진 채 자애로운 웃음을 머금고 있는 시조 여인상 그림 앞에 섰다.

너 나 할 것 없이 아주 자연스럽게 경건하면서도 골똘히 무언가를 탐구하려는 듯한 분위기에 흠뻑 젖어들고 있었다.

"슬이와 별이는 우리 시조님의 그림을 자세히 살펴보거라! 분명 무언가 해결해야 할 것을 묵시하고 있는데 아직 그 방법을 찾지 못했으니… 너희 둘의 힘과 뜻과 지략을 모은다면 풀어내리란 믿음의 확신이 있어 너희를 이곳으로 부른 거란다."

도화到和 사부님의 목소리와 함께 커다란 타조의 날갯짓 소리가 우렁차게 들려왔다.

나의 어깨 위에 앉아 있던 별이는 가벼운 날갯짓을 했고, 난 별이의 눈망울을 지그시 바라보았다.

"수없이 얽힌 미로의 냉한 벽 속에 갇혀서 춥고 답답하다던 차디찬 얼굴들이 구조를 요청했던 게 이 그림인가?"

난 혼잣말처럼 중얼거렸다.

"시조님은 수억 겁을 지내면서 이 자리를 지키고 있는데 이 묵시의 답을 해결하게 되면 우리는 시조님을 천궁으로 모실 수가 있다네!"

도화到和 사부님의 결연한 목소리가 다시 나의 심장을 울렸다.

곁에 서 있던 수제자들의 눈빛이 따뜻하면서도 강렬하게 빛나며 나와 별이를 직시하고 있었다.

"그렇군요! 제가 그림 전공이고 별이는 바이올린 전공인데요, 도움이 될지 모르겠는데요…"

나는 조용한 시간이 필요함을 직감했다.

"나도 도움이 될 테니까…"

바다코끼리가 나와 별이를 바라보며 말끝을 흐렸다.

"빛의 파장들이 절정을 이루는 시간은 새벽 블루 아워blue hour인데…. 우리 모두가 동서남북 각자의 위치에서 고도의 수련으로 자네와 별이를 도울 테니 최선을 다해 주게!"

도화到和 사부님은 말을 마치자 시조 여인상 그림 앞에 우리를 남겨 둔 채, 날개를 펄럭이며 커다란 타조 위에 올라타고는 사부님의 거처인 도화장到和場으로 날아갔다.

반야半夜, 공손화恭遜華, 무진장無盡藏, 천강향天江香은 바다코끼리와 함께 우리 곁에 남아 가벼운 이야기를 시작했다.

가슴이 넓어 모든 것을 다 포용할 것 같아 보이는 무진장無盡藏이 입을 열었다.

"우리 부모님은 긴 머리카락을 자랑하는 거인족으로 천만 년 동안 생명을 이어 오신 도화到和 사부님의 장수 비법을 연구하여 내게 전수해 주신 분이지!"

"그래, 그래! 신슬과 별이만 빼고 우리 모두는 다 알고 있는 사실이지!"

천강향天江香이 나서며 말을 받았다.

"그래서 넌 붉은 해처럼 강렬하게 솟구치는 붉은 혈기를 누르며 해가 지는 서쪽을 향해 '참을 인'자를 수없이 생산해 내고 있는 거잖아!"

난 그제서야 무진장無盡藏이 붉은 빛의 파장을 연마하며 바닥에 수없이 굴러 떨어뜨린 글자가 '오래 참을 인忍'자字라는 걸 알 수 있었다.

곧이어 천강향天江香의 말을 기다렸다는 듯이 무진장無盡藏이 말했다.

"천강향天江香~ 네가 없었다면 내가 이런 수련을 하기는 불가능했을 거야! 네가 늘 동쪽을 향해 보랏빛의 파장을 연마하며 보랏빛 나비들을 탄생시켜서, 그 나비들이 서쪽에서 연마 중인 내게로 날아다니며 너와 내가 있는 동과 서를 서로 연결시켜 주었잖아! 그 덕에 내 마음이 오래 참음을 연마할 수가 있었거든!"

갑자기 천강향天江香을 바라보는 무진장無盡藏의 눈빛에 사랑이 넘실거렸다.

"이런, 이런! 지금은 너희 둘만의 시간이 아니야! 우리 모두는 해결해야 할 과제가 있다고!"

머리카락을 밀어 버려 반짝반짝 빛나는 원색의 두상頭上을 들이대는 반야半夜가 둘 사이를 가르며 나섰다.

"늘 춥고 매서운 폭풍이 일어나는 겨울 나라 북쪽을 향해 반야반주半夜半晝로, 흑암의 세력과 싸우는 반야도 낮과 밤을 지키시는 부모님의 고귀한 혈통을 물려받은 거잖겠어!"

앳된 공손화恭遜華가 예의를 갖추며 말을 이었다.

"그렇지! 우리 부모님의 수고와 땀으로 낮과 밤, 흑백이 늘 긴장하며 경계와 대결의 균형을 유지했지. 그리고 이제는 내가 그 일을 물려받은 거고!"

반야의 얼굴에 자부심과 긍지가 넘쳤다.

"아, 참! 슬이와 별이에게 아직 제대로 소개를 안 했네!"

바다코끼리가 나서며 말했다.

"다시 정식으로 소개할게! 먼저 이 자리에 안 계시지만 도화到和 사부님은 우리 상상족象象族 중 유일하게 무지개 빛 날개를 지니신 강력한 법술의 최고의 고수이시자, 우리 모두의 스승이시지! 그리고 천강향天江香과 공손화恭遜華는 그 도화到和 사부님의 사랑스런 따님들이고!"

"안녕! 다시 정식으로 인사할게! 난 도화到和 사부님의 장녀 천강향天江香이야!"

쾌활하고 다소 씩씩해 보이는 천강향이 손을 내밀었다.

"아! 난 둘째이자 막내 공손화恭遜華이고!"

수줍은 듯 웃는 모습이 맑은 바람 같은 공손화恭遜華가 살짝 고개를 숙였다.

"으흠흠, 그리고 우리 부모님은 도화到和 사부님의 형님이시고…. 흠흠, 그러니까 나는 천강향天江香과 공손화恭遜華와는 사촌 지간인 것이지!"

바다코끼리가 조금은 수줍은 듯이 말했다.

"아니! 바다코끼리의 아버님이 도화到和 사부님의 형님이시라면, 그럼 바다코끼리도 변신술이 가능하다는 말 아니야? 그리고 도화 到和 사부님은 정말 엄청나게 많은 인고忍苦의 수련을 하셨나 봐! 상 상족象象族의 긴 상아는 물론 화려하고 강력한 힘을 발휘하는 무지 개 빛 날개까지 솟아나셨으니!"

난 기다렸다는 듯이 나의 어깨 위에 내려앉아 있는 별이의 동의 를 구하며 깃털을 쓰다듬었다.

"맞아! 맞아!"

별이의 초롱거리는 목소리가 내 귓가를 간지럽혔다.

바다코끼리는 아랑곳하지 않고 계속 말을 이어 갔다.

"우리 부모님은 백만 년 전에 도화到和 사부님께 그림 속의 시조 님을 남기시고 천궁天宮으로 입성하셨어. 에, 흠흠~! 그러니까 이제 우리 모두는 우리 부모님과 귀龜 왕자님의 부모님이 거처하시는 천 궁으로 갈 준비를 하고 있는 과정이라 생각하면 대충이라도 이해가 될 것 같아."

모두들 그렇다는 듯이 바다코끼리를 바라보며 고개를 끄덕였다.

"그런데 저 그림 속의 시조님도 모시고 가야 하는데 풀어야 할 비 밀을 못 풀어서 아직 천궁으로 모시지 못하고 있는 거지!"

말을 마치는 바다코끼리의 큰 몸집이 가볍게 흔들리고 있었다.

"그렇지, 그래…."

모두들 같은 말을 되풀이하듯 맞장구를 쳤다.

"이번이 비밀을 풀어야 하는 마지막 시기이기에 놓쳐서는 안 되는 급박함이 있어!"

바다코끼리는 커다란 숨을 들이키며 말했다.

"그렇고 말고! 천궁天宮에 도착할 때까지 반드시 이 과제를 풀어야만 우리 시조님은 물론, 이 배에 승선한 갖가지 생명체들이 무사히 천궁에 입궁할 기회를 잡을 수 있는 거고…"

반야半夜가 번들거리는 훤한 머리를 긁적이다 커다란 팔뚝을 높이 치켜들며 거들었다.

"이 문제만 해결되면 우리 모두 힘을 합쳐 곧바로 신슬 너의 방으로 멋지게 보내 줄게!"

순간적으로 바다코끼리의 얼굴에 어떤 비장함이 스쳐 지나갔다.

난 분위기를 바꿔 보려고 '씨익'웃으며 바다코끼리에게 말했다.

"언제 나와 별이에게 변신된 모습을 보여 줄지 무척 기대되는데!"

바다코끼리는 대수롭지 않다는 듯이 가벼운 미소를 띠었다.

때마침 바다코끼리의 커다란 몸집 뒤로 비몽사몽간인지 모르지만 수련장에서 보았던 쌍무지개가 희미하게 떠오르듯 스쳐 지나갔다.

"묵시의 비밀은 이거야! 그림 속 시조님의 두 눈에서 눈물이 흐르게 하면 되는데, 이게 어려운 거지!"

천강향天江香이 날개를 활짝 펴며 말하였다.

그때 천강향天江香은 온몸으로 나와 별이에게 하늘과 강의 향기를 '훅!' 내뿜었다.

천강향天江香의 온몸에서 나는 강한 향기에 취한 채 나와 별이는, 등 뒤로 날개가 솟아난 그림 속 시조님의 자애로운 미소를 지그시 바라다보았다.

"저렇게 자애로운 미소를 짓고 있는 분에게 눈물을 흘리게 해야 하다니…"

나도 모르게 자연스런 말이 흘러나왔다.

"도화到和 사부님이 말씀하셨는데 도화到和 사부님 형님, 즉 바다코끼리 아버님이 마지막 유언을 하셨다네! 동생인 도화到和 사부님께! 시조님의 자애로운 미소 뒤에 감춰진 채 화석화된 고통과 아픔을 풀어 줘야 시조님이 두 날개를 활짝 펴며 무사히 천궁에 들어가실 수 있다고!"

반야半夜가 두 눈동자를 크게 굴리면서 말을 받았다.

"그러니까 거듭해서 말하자면, 그림 속 시조님이 눈물을 흘려야 하는 이유는 저 자애로운 미소 뒤에 감춰진 흑암의 깊은 상처를 치유해 줘야 한다는 거지! 즉, 모든 생명체의 아픔과 고통의 감내가 굳어져 화석화되었기 때문에, 부드러운 마음으로 풀어 줘야 천궁에 들어갈 수가 있다는 거야!"

무진장無盡藏이 끝없이 깊은 가슴팍을 드러내 보이며 말을 이어 갔다.

"저렇게 자애로운 미소가 저절로 이루어진 것이 아니라는 것을 모든 생명체에게 보여 주며, 거친 폭풍의 길에 설지라도 절대적으로 인내하라는 것이겠지! 오래 참음을 훈련하라는 교훈을 전하고 있는 거지!"

공손화恭遜華가 예의 있는 몸짓으로 등 뒤에 솟은 날개를 퍼덕이며 말했다.

"그리고 중요한 게 또 있는데, 아직 천궁으로 입성하지 못한 시조님의 영혼이 그림 속에 담겨져 있다는 거야!"

무진장無盡藏은 커다란 근육을 흔들어 대며 이야기를 했다.

"시조님의 두 눈에서 눈물이 흐르게 되면 그림 속에 생명력이 약동해서 순전한 생명체로 우리처럼 활동하면서 천궁에 입성하게 된대! 그리고 그 생명력이 아주 강력해서 부활을 갈망하는 모든 이들에게 그 순전한 생명력을 넓고 깊게 전염시킨다는 거야! 정말 놀랍지 않아?"

천강향天江香은 우리 모두를 향해 동의를 구하는 몸짓을 했다.

우리 모두는 각각의 위치에서 머리를 맞대며 지혜를 짜내려고 안간힘을 썼다.

휘파람새로 변신했던 별이는 본래의 소녀의 모습으로 되돌아가 노랑색 별 모양의 모자를 쓴 채 전천후全天候 바이올린을 들고 있었다.

나는 별이의 모자에서 내 가슴으로 떨어진, 형형색색形形色色의 빛에 휘감긴 채 상처 난 영혼들이 담긴 호로병을 왼손으로 들었다.

그리고 머리에는 주황색 비둘기 모자를 쓰고 오른손에는 바다코끼리가 준비해 준 붓을 들었다.

바다코끼리는 물결이 파도치는 겨울 바다 남색 모자를 쓴 채 커다란 몸채로 마치 동서남북을 떠받들 듯, 한가운데에 중심축을 잡았다.

그리고 동쪽엔 보랏빛의 천강향天江香이, 서쪽엔 붉은빛의 무진장無盡藏이, 남쪽엔 파랑 빛의 공손화恭遜華가, 북쪽엔 흑백黑白 빛의 반야半夜가 각각의 위치에서, 각자의 빛의 파장을 길게 늘어뜨린 채 수련장에서 했던 모습들을 그대로 재현했다.

그림을 가리고 있었던 초록색 커튼도 힘을 보태려는 듯 일렁거렸다.
언제 나타났는지 요정 팅팅도 요술 봉을 높이 들고 원을 그리며 맴돌고 있었다.

모두들 그야말로 총천연색의 무지개 빛깔을 뿜어내고 있는 모습이 감탄사를 연발할 정도로 아름다운 장관을 이루고 있었다.

우리가 이 모든 준비를 마쳤을 때 빛의 파장들이 절정을 이루는 새벽 블루 아워blue hour가 다가오고 있었다.

"모두들 잠도 못 자고 힘과 지혜를 모으고 있으니 '번쩍번쩍' 참으로 아름다운 광채가 나네!"

때마침 도화到和 사부님도 우리가 모든 지략을 모은 곳의 공중 위로 날개를 활짝 펼치시고, 타조를 탄 채 맴돌며 말씀하셨다.

그러니까 다시 한 번 정리하자면, 우리 모두는 동서남북, 즉 삼라만상森羅萬象의 모든 곳을 다 아우르며 총체전을 펼치게 되는 것이라고나 할까….

바다코끼리가 거처하는 모든 곳의 천창을 열어젖히자 온 우주마저 새벽 블루 아워blue hour를 맞이할 준비를 마친 듯했다.

그러나 예기치 않은 폭풍이 난폭하게 불어 대기 시작하더니 급기야는 엄청난 우박과 폭우가 내렸다.

열어젖힌 천창이 특수 제작 되었음에도 매우 심하게 흔들렸고, 만일의 사태에 대비해 제작된 천창의 날개가 자동으로 촘촘하게 펼쳐졌다. 그러니까 강한 날개들이 사방으로 펼쳐지며 거미줄처럼 연결되어, 서로를 의지하고 지탱하는 형태로 변신하는 놀라운 첨단 변형술을 보는 기회도 되었다는 것이다.

"아무 걱정 하지 말고, 흔들림 없이 예정대로 진행하자고!"

다행히 한가운데 중심축을 잡고 있는 바다코끼리의 우레 같은 음성이 들리며, 그의 커다란 몸집이 머리에 밀착된 남색 모자와 함께 파도를 일으키듯 폭풍과 폭우와 우박을 막아서고 있었다.

"모두들 아무리 거친 폭풍우 속이라도 각자의 빛의 파장이 소멸되지 않도록 혼신의 피땀을 흘려야 해!"

우리 모두는 안간힘을 쓰며 노랑 별 모양의 모자를 쓴 별이의 전천후 바이올린을 바라보았다.

드디어 별이의 바이올린 현이 울렸다. 비발디의 사계 중 겨울이 빠른 속도로 연주되었다.

동시에 우리 모두는 각각의 위치에서 그동안 각자가 수련해 오던 것들을 총집중하여 재현했다.

나는 호리병 속에 든 총천연색의 빛의 파장들이 모아들인 온갖 사연들의 아픈 영혼들을 붓으로 찍어 내어, 그림 속 시조님의 눈과 눈 주위에 재빨리 덧칠했다. 아픈 영혼들이 시조님의 눈과 눈 주위에 닿을 때마다 시조님의 동공은 점점 더 맑게 확장되어 갔다. 그리고 그림 속 시조님의 등 뒤에 솟은 날개가 활짝 펼쳐지도록 무수한 빛깔의 파장으로 날개를 확장해 나갔다.

폭풍우 속에 우박이 뒤섞여 떨어지고 있는 북쪽을 향한 반야半夜의 끈질긴 흑암과의 사투가 시작되었다. 백야白夜와의 투쟁에 흑색과 백색의 긴 파장이 격렬하게 부딪히고 있었다.

남쪽으로는 파랑새를 품은 듯 희망의 파랑 빛을 모아들이는 공손화恭遜華의 모습이 점점 더 숭고한 모습으로 반짝거렸다.

서쪽을 향해 가부좌를 튼 무진장無盡藏의 굵고 넓은 가슴팍이 음푹 패인 것같이, 더욱 깊어지는 사나이 무진장無盡藏의 인내가 붉은 핏방울처럼 쏟아지는 우박의 현장은 점점 더 엄숙한 치열함으로 극을 향해 전진해 갔다.

또한 천강향天江香의 보랏빛 긴치마 폭이 강한 폭풍우 속에서도 굴하지 않고 마치 힘차게 떠오르는 태양처럼, 동쪽을 향해 최대한 길고 넓게 펼쳐지는 모습은 절묘하고도 신비한 아름다움을 발하고 있었다.

더욱이 이 모든 역할과 상황들 위로 도화到和 사부님의 화평을 이루는 커다란 무지개 빛 날개가 활짝 펼쳐지며 공중의 폭풍우를 막아서고 있었다.

물론 반야半夜, 공손화恭遜華, 무진장無盡藏, 천강향天江香도 등 뒤에 솟은 양 날개를 쫙 펼치며 함께 지상의 폭풍우를 막아 내고 있었다.

때마침 그림의 경계선을 이루고 있던 초록색 커튼도 날개를 펼친 듯 펄럭이며 폭풍우와 우박에 그림이 날아가지 않도록 도와주고 있었다.

그야말로 각자가 지닌 독특한 빛의 파장들이 서로 의심 없이 믿고 합력하므로 출구를 향해 돌진하는, 끈질기고도 정결한 백마의 기질로 눈물겨운 비밀의 문을 열어젖히려는 혼신의 노력과 절정의 순간순간들이었다.

별이의 연주가 끝날 무렵, 우박도 그쳤고 폭풍우의 세력도 잠들었다.

비록 짧은 시간이었지만 우리 모두는 기진한 채로 각자의 위치에서 땀과 눈물이 범벅이 된 채 수많은 빛의 파장들과 뒤엉켜 있었다.

우리가 정신을 차리고 그림을 바라보았을 때 그림은 이미 하얀 백지로 남아 있었고, 흰 백지 너머로 선명한 쌍무지개가 아름답게 빛을 발하고 있었다.

더욱 놀라운 일은 시조님의 손길이 따뜻하게 우리를 감싸며 눈물을 흘리셨다는 것이다.

그리고 더욱 더 놀라운 것은 단지 시조님 혼자만이 아니었다는 것이다.

별이와 내가 미로 속을 빠져나올 때 벽 속에서 만났던 패이고 그을린 수많은 눈동자들이 온전한 사람의 모습으로, 시조님과 함께 우리 곁에서 주위를 걸어 다니며 모두에게 생기를 불어넣어 주고 있었다.

후에 안 일이지만 별이의 모자에서 형형색채의 빛이 담긴 호로병이 내 가슴으로 떨어진 것은, 별이가 경험한 삶의 색채와 내 가슴속에 담겼던 어린 시절 별이에 대한 사랑의 색채가 현재에서도 아름답게 쌍무지개 빛을 발하고 있었기에 가능한 일이었다.

또한 나와 별이가 다시 나의 방으로 돌아오는 길은 그야말로 찰나에 불과했다는 사실! 이것은 독자들의 깊고 넓은 상상에 맡긴다. 그러니까 생사고락을 함께 한 이들이 한마음으로 날개를 동시에 펼치자 그냥 말 그대로, 입김에 불리듯 가볍게 내 방에 도착했다.

모든 험난한 폭풍우의 길일지라도 오래 참음으로 강하게 마주서면, 그 길도 나를 친절하게 안내해 주는 길잡이가 된다는, 끈질기고도 정결한 백마의 진리를 알게 해 준 아주 강렬하고도 깊숙한 여정이었다.

쉼이
있는
시詩 언덕

▼
▲

돌비碑가 얘기하기를

곽영애

신의 옹벽에 눈보라가 일고 있어

내 곁엔 바위너설이
삐죽빼죽한 목을 내밀고

그 끝엔 솟대가 치솟아
파닥거리는 용의 울음을
점점 팽창시키고 있었지

울울한 수억 광년의 툰드라가
덧니처럼 매달려
목이 쉰 지구를 회전하는데

한순간
침식된 낮달이
낡은 각질 되어 쪼개져 내렸어

수없이 부딪히다 더 잘게 부서지다
북극까지 떠도는
기억의 해벽

그 난간에선
숨 가쁘게 덜컹거리는
나의 내장에
찰싹 달라붙은 너의 실뿌리가 당겨지곤 해

끊어진 꿈길까지
갈까마귀 떼 울부짖고

죽음의 벽면에 새겨진 빙하의 정수리마저

서늘하게
떨

  어

    지

      는
계절의 틈새로

먼지 가득 부서져 내리는 통증을
꿀꺽
삼켰던 날에 다가앉으면

코를 긁는 소리
요란한 세상에
순환선을 잃은 너의 바탕 화면이
성급하게 발목을 보이지

울음으로 짜인 겨울의 잎들이 무심히 지나도록

제5부

외팔이 시계

- 무용지물일 것 같지만
우리는 고장 난 시간의 풍향계를 조정하여
풍성한 자비의 시공간에 도달할 수 있다. -

그흐 선장은 망망대해를 자유롭게 운항했다. 마치 유람선을 아주 유쾌하게 날아오르듯이!

나는 갑판 위에서 이리저리 포르륵포르륵 날아다니는 별이와 함께 끝없이 펼쳐지는 바다의 풍광에 젖어들었다.

경계선이 없는 바다는 파아란 하늘과 맞닿아 마치 두 연인이 깊은 마음을 열어 서로를 녹여 가며 받아들이듯, 어느 지점이 바다이고 하늘인지 구별할 수가 없었다.

"슬이 형!"

갑판 위를 걸어오는 귀龜의 모습이 햇살에 반짝거렸다.

휘파람새 별이는 반가운 듯 재빨리 귀龜의 어깨 위에 앉아 짹짹거렸다.

"곧 무인도에 도착할 거야! 휴식도 취하고, 달그림자와 긴 이야기도 하고, 별이 쏟아지는 밤하늘도 마음껏 들이켜고. 근사하지 않아?"

"무인도?"

나는 귀龜의 눈을 바라보며 되물었다.

귀龜는 내가 되묻는 의도를 알아챈 듯 팔짱을 끼며 싱긋 웃었다.

"다양한 생명체가 있으니까 각기 좋을 대로 할 거야! 특수 설계된 배라서 각각 처한 상황에 따라 미로 속 밀실에서 즐기기도 할 거고, 별이처럼 변신된 몸으로 무언가에 골몰하기도 하겠지! 그러나 우리는 무인도의 밤하늘을 보고 싶어 하잖아~!"

나는 고개를 끄덕이며 잔뜩 기대에 부풀어 오르고 있었다. 휘파람새 별이를 만났던 까마득했던 망천해忘天海의 기억과 함께 바다코끼리는 물론, 그날의 미로 속에서 만난 도화到和 사부님, 반야半夜, 공손화恭遜華, 무진장無盡藏, 천강향天江香 등과 얽혔던 모든 기억들이 긴 시간의 터널을 지나고 있는 듯했다.

귀龜는 이 모든 것들을 다 알고 있다는 표정으로 나의 어깨를 가만히 감싸 주었다.

우리가 도착한 무인도는 자비섬이라고도 불렸으며, 거북이 모형을 띄고 있었다. 물살을 가르며 헤엄치는 거북이도 보였고, 섬 전체를 뒤덮은 야자수 나무가 자연과 일치가 되고 싶은 감정을 자아내기도 했다.

"이 섬은 나를 닮은 곳이지!"

귀龜가 자랑스러운 듯, 왕자의 품위를 다듬는 듯 팔짱을 끼며 힘주어 말했다.

"정말! 널 닮았네!"

갑판을 내리며 우리는 서로를 바라보며 환호성을 질렀다.

나는 육지와 바다, 하늘의 모든 공간의 지리에 익숙한 그흐 선장
과 귀龜 왕자, 원래의 소녀의 모습으로 되돌아와 내 곁에서 걷고 있
는 별이와 함께 섬의 이모저모를 돌아보았다.

"어머, 이 돌멩이 좀 봐!"

발밑에 차이는 돌멩이를 보며 별이가 연신 감탄사를 연발했다.

"어쩜, 발부리에 걸리는 돌멩이가 이처럼 아름다울 수 있을까?"

별이는 수많은 세월의 등고선이 그려진 초록빛 작은 돌멩이를 집
어 들었다.

그러나 좀 더 자세히 보니 이름 모를 돌멩이는 그 옆구리에 숭숭
구멍이 나 있었다. 오랜 세월 바람과 바다 물결의 촉수에 자국이 난
것일까?

"정말! 구멍이 났지만 독특한 미를 발하고 있네!"

귀龜 왕자가 웃으며 거들었다.

그때 갑자기 그흐 선장이 몸을 굽히며 야생 풀들 사이에서 뭔가
를 집어 들었다.

바다 밑바닥을 드나든 것 같은 몰골로 바다풀을 뒤집어쓴 이지
러진 모습의 작은 시계!

"앗! 이건 해저 시계 아닐까?"

그나마 둥그런 모형은 하고 있었지만 한쪽 바늘을 잃은 채 군데군
데 무언가에 뜯긴 듯한 모습이 처참한 상처로 범벅이 되어 있었다.

"쯔쯔쯧, 한쪽 팔을 잃어버린 외팔이 해저 시계야. 그런데도 열두 시, 영시를 가리키고 있잖아!"

"선조들의 기원설起源說을 보면 영시는 모든 생명체들의 근원과 시작을 알리는 숫자이지! 그러니까 사람이 다녀갔든지, 살고 있다는 뜻인데…. 어쩜 바다 깊숙이 가라앉아 있던 섬이 수천 년의 세월 속에 돌출했을 수도 있고…."

"이것 좀 봐! 찌그러진 것뿐만이 아냐! 뭔가에 그을린 것도 같지 않아?"

"오! 이건 건기 시에 타는 듯한 열에 의한 것 같은데…."

각기 저마다 한마디씩 하는 사이에 시공간의 지리는 물론, 역사에 능숙한 그흐 다기능 조종사가 그의 해박한 지식을 드러내며 말했다.

"와우, 신기한데! 역시 문명의 역사는 베일에 가려져 있다니까!"

나도 모르게 튀어나온 말이 채 사라지기도 전 그흐 선장은 외팔이 시계를 자신이 멘 배낭 속에 집어넣었다.

무인도의 밤하늘을 밀고 나오는 달무리 너머로 수많은 별들이, 밤바다 물결에 따라 유랑을 즐기듯 함께 여기저기로 떠돌아다니고 있었다. 우리 모두는 해변에 나란히 앉아 고요한 자연의 소리에 귀를 기울였다.

나는 팔을 길게 뻗어 손바닥 가득 바닷물을 길어 올려 밤하늘에 마구 흩뿌리고 싶었다. 마치 내가 바닷물인 듯, 무인도인 듯, 달무리인 듯, 별무리인 듯 젖어 들며 바닷물에 손을 담갔을 때 커다란 검은 그림자가 나를 시간 밖으로 잡아당기는 듯한 느낌이 들었다.

"아아~ 아득해~ 별아~ 별아~ 넌 어디 있는 거야~"

난 별이를 찾으려고 길고 긴 소리를 외쳤지만, 허공의 벽에 부딪혀 되돌아오는 시간 바깥의 무기력한 진공에 짓눌려 버렸다.

내가 들어선 곳은 「기억의 집」이란 명패가 붙어 있었다. 난 숨 막히는 긴장감 속에서 천천히 낡은 현관문을 밀쳤다.

"들어오시오!"

누군가의 목소리가 나를 맞아 주었다.

그 순간 난 깜짝 놀라 주춤거리며 뒷걸음질을 쳤다.

"들어오래도!"

난 무의식적으로 눈을 감은 채 몇 걸음을 옮겼다.

내가 잠시 감았던 눈을 떴을 때 난 다시 한 번 더 놀란 가슴을 쓸어내렸다. 집안 전체가 온통 고장 나서 멈춰 버린 시계들로 장식되어 있었고, 그 가운데 덩그러니 서 있는 웬 은발의 노신사가 눈에 들어왔기 때문이다. 그런데, 더 신기한 것은 그가 걸을 때마다 째깍째깍 시계 소리가 울리고 있다는 것이다.

그가 서서히 얼굴을 내게로 돌렸다.

"앗!"

나도 모르게 튀어나온 절규 같은 외마디!

그흐 선장이 발견한 외팔이 시계였다!

지금 그가 째깍째깍 소리를 내며 걸어 다니다 나를 힐끗 바라보고 있는 것이다.

"분명 외팔이 시계였는데…"

지금 내 앞에는 그 외팔이 시계가 나이 든 은발의 신사 모습으로 변하여 내게 얼굴을 돌리고 있었다.

"놀라긴…. 세상사는 예측불허豫測不許지!"

그의 음성은 평온해 보였지만 난 감지할 수 있었다. 그의 목소리에서 흘러나오는 초조함을…

"집안 전체가 고장 난 시계로 장식되어 있어 불안한가 본데… 사실 이 고장 난 시계들은 말 그대로 모든 시공간에서 상처 나고 고장 난 모든 생명체들의 과거, 현재, 미래를 소중하게 보관하고 있는 저장고라고 할 수 있지!"

나는 그저 멍한 상태로 고개를 끄덕였다.

"좀 더 나 있는 곳으로 가까이 오시오!"

그는 나를 향해 이쪽으로 오라고 손짓했다.

가까이 다가서자 그의 얼굴은 잔주름과 상처로 흉측해 보였다.

그가 나를 향해 알 수 없는 미소를 지었다. 그와 동시에 나는 초고속으로 외팔이 시계의 시공간 속으로 빨려들어 갔다.

　수많은 플랑크톤이 외팔이 시계 주변을 맴돌았다. 그리고 조금 떨어진 곳에는 목을 둥글게 말아 넣은 단단한 검은 물체가 보였다. 자세히 보니 모두 군집을 이루어 살아가고 있는 거북이였다.

　외팔이 시계는 무표정한 얼굴로 검은 물체 거북이들을 향해 한쪽 팔을 길게 쭉 뻗었다. 그러자 거북이들은 목을 길게 빼내어 연신 꾸벅꾸벅 고개를 숙였다. 마치 무언가를 용서해 달라는 표정으로….

　"나는 비록 한 팔을 잃었지만 시간의 마법사지. 어떤 시간이든 내 마음대로 움직일 수 있는 초능력을 지녔어!"

　이 말을 마치자마자 순식간에 그흐 선장과 귀龜 왕자가 외팔이 시계 곁에 서 있는 모습을 볼 수 있었다.

　"아니, 그흐 선장과 귀龜 왕자가 언제 「기억의 집」에 들어온 거지? 분명 나 혼자 들어왔는데…."

　나는 너무 놀라 정신을 잃을 뻔했다.

　"쯔쯔쯧, 너무 놀라지 말게나! 난 시간의 마법사라고 했잖아! 내가 원하면 언제든지 내 세계의 시공간 속으로 과거, 현재, 미래 등 무엇이든 끌어당길 수가 있다고 했잖나!"

외팔이 시계의 잃어버린 왼팔에 힘없이 내려온 긴 옷소매가 마치 물결에 흐느끼듯 내 마음을 깊숙하게 적시고 있었다.

어디선가 흥겨운 풍악 소리가 울려나왔다.

모든 바다 나라 족속들이 저마다 화려한 치장을 한 채 환호하며 노래와 춤을 즐기고 있었다.

"오늘은 우리가 기다리고 기다리던 심해深海 왕궁에 천년마다 봉해지는 황제의 대관식이 거행되는 날이잖아! 그러니까 우리 모두 나라의 안녕과 번영을 기원하면서 황제의 대관식을 축하하자고!"

커다란 문어가 셀 수 없이 많은 다리를 보란 듯이 길게 뻗어 내보이며 큰소리로 외쳤다.

"오늘은 정말 우리 생애에 보기 드문 축제의 날이지! 우리 서로 모든 근심, 걱정은 벗어 버리고 즐겁게 보내자고!"

모여든 남녀 인어들도 저마다의 얼굴을 바라보며 한마디씩 했다.

"우리 가문은 왕족의 혈통으로 국가의 보고寶庫를 책임지고 있으니까, 어르신들만 축제에 참석하고 우리 젊은이들은 각자의 위치로 돌아가서 책무를 다하자!"

"그래, 그래! 그러는 것이 좋겠어!"

투구와 갑옷을 입은 거북이들이 함박웃음을 머금은 채 병기구들을 서둘러 챙겼다.

보물 창고의 바깥 출입문마다 수많은 거북이들이 완전 무장한 채 보초를 서고 있었다. 더 특이한 점은 안쪽의 내부 문마다 해저 시계 병사들이 고정된 듯한 시간, 영시를 가리키고 있다는 것이다.

"앗! 귀龜 왕자님이 오신다!"

해저 시계 가문 중 제일 어린 막내가 외쳤다.

그런데 그 말이 사라지기도 전에 노도의 파도와 함께 알 수 없는 굉음이 울려나왔다.

"으하하하! 우리 모두는 오늘이 오기를 천년 동안 기다렸지! 황제 대관식? 심해 왕궁뿐 아니라 우리 해적 나라에서도 천기天機를 다스리며 이날을 고대했다!"

수많은 해적단과 함께 고릴라 같은 해적 두목이 공중회전을 하며 문 주변으로 날아왔다.

순식간에 모두들 전투태세로 대열을 변형했다.

맨 앞에는 거북(귀龜) 왕자가 초음파 전술을 휘두르며 앞장섰다. 맨 뒷줄에는 해저 시계 가문들이 요란한 벨을 울리며 긴급 상황을 알리는 동시에 보물 창고의 문을 사수했다.

"순순히 보물 창고 열쇠를 내놓으시지!"

길다란 수염으로 커다란 얼굴을 뒤덮은 고릴라 해적 두목이 성큼성큼 걸으며 말했다.

난 시간 바깥의 공간에서 그 환상 같은 장면을 보고 그만 깜짝 놀랐다.

"아니! 그흐 선장!"

아니, 더 현실에 가까운 말로 표현하자면 내 친구 연극인 내현이 분명해 보였다.

난 다시 외팔이 시계의 마법의 시간 속으로 빨려들어 갔다.

"그럴 수는 없지! 우리 심해 왕궁의 가장 귀중한 역사적 자산을 너희 같은 악한 해적에게 넘길 수는 없어!"

극렬한 전투가 벌어졌다. 수많은 사상자가 나왔다.

"으윽! 우리의 군사력이 부족하다! 그런데 위급 벨을 그렇게 울렸는데도 아직도 구원대가 오지 않다니!"

거북이 병사들과 해저 시계 병사들이 부상을 입고 쓰러져 가며 외쳤다.

"껄껄껄! 구조대는 오지 않아! 우리 해적단이 벌써 조치를 다 했어! 아마 지금쯤 황제 대관식을 마치고 모두들 흥에 겨워 먹고 마시다 취해서 그대로 잠들었을걸! 우리가 왕궁 전체에 수면제를 뿌려 놓았거든! 그리고 너희들의 특성이 무언가에 취해 살아가는 거잖아! 한마디로 주정꾼, 주정뱅이들이라고 할 수 있지! 그래서 내가 모두에게 깊고 깊은 잠에 취하도록 만들어 버렸지! 차라리 가치 있는 좋은 것에 취해 살면 좋을 텐데 말야! 으하하하하하하!"

외팔이 시계의 마법의 시간 속에서 이 광경을 보고 있던 나는 너무 놀랐다.

연극인 내현의 공연장 앞에서 쓰러져서 흐느끼던 꼬마 곱추가 했던 절규 어린 외침이, 섬광처럼 내 뇌리를 스쳐 갔기 때문이다.

'이 주정꾼, 주정뱅이들아!'

이 외침이 오직 자기만을 위해 취해서 살아가는 세상을 향한 의미 있는 메시지였다는 생각을 떨쳐 버릴 수가 없었다.

외팔이 시계의 마법의 시간이 심하게 요동치며 나의 눈을 점점 크게 열었다.

보물 창고 입구 바닥에는 해저 시계 문형이 새겨져 있었다. 특이한 것은 초침과 분침, 시침 바늘이 각각 8개씩 24개로 이루어져 있다는 것이다. 그리고 모든 시계 바늘은 저마다 째깍째깍 쉬지 않고 움직이고 있었다.

"보물 창고 열쇠를 건네주지 않으면 모든 병사들이 전멸할 걸세!"

해적 두목이 큰소리로 외쳤다.

"어림없는 소리!"

보고의 책임자 귀鰡 왕자는 그동안 연마해 온 모든 초음파 전술을 총동원하여 보물 창고 문을 사수했다.

완전 무장한 거북 병사들과 해저 시계 병사들이 속속히 쓰러지고 있었다. 마지막 총력전을 펼치는 해저 시계 병사들은 내부 보물 창고 바닥에 새겨진 해저 시계 문형 주위를 필사적으로 에워쌌다.

"저곳이다. 저곳을 빼앗아라!"

해적 두목이 큰소리로 외치자 모든 해적단이 해저 시계 문형 주위로 잽싸게 날아왔다.

"내 영력을 너희 같은 자들이 당해 낼 수 없을걸!"

귀龜 왕자가 변신술을 거듭하며 수없이 회전에 회전을 거듭했다. 자신감을 넘어서 오만하게도 보였다.

"껄껄껄! 이미 네 마음의 풍향계가 심하게 흔들리고 있다는 걸 내가 모를 줄 알고!"

해적 두목이 고릴라 같은 얼굴을 바짝 들이대곤 커다란 장신술 掌神術을 날리면서 고함쳤다.

"네 마음의 풍향계가 평정심을 잃고 교만해지면 네 영력이 사그라든다는 정보는 이미 다 파악했어!"

순간적으로 마음의 평정심을 잃은 채 오만과 분노로 가득 찬 귀龜 왕자의 변신술이 작동을 멈췄다.

"으으윽!"

숨 가쁜 가슴을 움켜잡는 귀龜 왕자의 손에 선홍색 피가 흘러내렸다.

"귀龜 왕자님! 분노와 복수심을 버리세요! 우린 죽어도 괜찮으니 보물 창고 열쇠를 건네주지 마세요!"

수많은 거북 병사들과 해저 시계 병사들이 외쳤다.

귀龜 왕자는 몹시 고통스런 얼굴로 해적 두목의 최면술에 걸려들기 시작했다. 바닥에 쓰러진 채 잠에 취한 듯한 귀龜 왕자의 모습이 선명하게 다가왔다.

"열쇠는 어디에 있지?"

해적 두목이 긴장과 흥분, 욕망에 가득 휩싸인 채 물었다.

"하늘과 땅과 바다 그리고 영계靈界! 봄, 여름, 가을, 겨울, 하루 24시간!"

잠에 취한 듯한 귀龜 왕자가 기계처럼 되뇌었다.

해적 두목은 두 눈을 재빨리, 매섭게 부라리듯 보물 창고 밑바닥의 해저 시계 문형 쪽으로 돌려댔다.

"흠흠! 초침, 분침, 시침이 많기도 하구나! 하나, 둘, 셋, 넷. 다섯, 여섯, 일곱, 여덟! 각각 8개씩 모두 24개라!"

팔장을 낀 채 해적 두목이 생각에 잠겼다.

"이 비밀은 내가 옛 선조의 책에서 읽은 것도 같은데…"

해적 두목이 생각났다는 듯이 머리를 '탁' 쳤다.

귀龜 왕자가 깊은 최면에 빠져들자 거북 병사들과 해저 시계 병사들이 맥없이 여기저기 쓰러졌다.

그때 유일하게 물길을 뚫고 나오는 가느다란 한줄기 빛이 보였다. 매우 작아 보였지만 아주 강렬하게 반사되고 있었다. 그 주변은 열에 의해 건조하게 메말라 균열되어 버린 바닥이 드러나 보였다.

저 멀리, 저 끝에 아직 쓰러지지 않은 해저 시계 하나가 안간힘으로 버텨 내려 몸부림치고 있는 모습이 보였다.

"아! 빛! 저기로 나가면 생명 길이 보이겠다!"

마지막 남은 해저 시계 병사가 빛 가까이 다가섰다.

"앗! 뜨거워!"

해저 시계 병사의 외침에 정신이 번쩍 든 해적 두목이 해저 시계를 향해 검은색 작은 돌멩이를 던졌다.

해저 시계 병사의 왼쪽 팔에 맞았다. 바닥에 시계 초침 하나가 떨어져 쇳소리를 냈다. 그 순간 아슬아슬하게 해저 시계 병사는 강렬한 빛 속으로 빨려들어 갔다.

그 모습을 본 해적 두목은 대단치 않다는 듯이 두 손을 털며 말했다.

"그냥 내버려 두고 우린 비밀 해독에 집중하자고! 하늘, 땅, 바다, 영계라! 아아, 그래! 생각났다! 이건 인간 생존, 인간 공존 양상이야! 하늘, 땅, 바다, 영계니까 초침 8개 모두 한꺼번에 잡고 왼쪽으로 네 번 돌리고, 음음, 음! 춘하추동이니 분침 8개 모두 오른쪽으로 네 번 돌린 후, 으음흠~! 하루는 24시간이니 낮과 밤으로 양분화해서 우선 밝은 낮은 시침 8개 모두 왼쪽으로 12번, 어두운 밤은 역시 시침 8개 모두 잡은 채 반대편인 오른쪽으로 12번! 총합 24번이니 돌려 봐!"

"영차, 영차차차!"

해적단들이 모두 모여 힘껏 초침, 분침, 시침을 돌렸다.

철걱, 철거덕!

바닥에 그려진 해저 시계 문형의 문이 활짝 열리며 황금빛 상자
가 반짝거렸다.

달아오른 욕망의 얼굴들이 여기저기서 입을 크게 벌리고 있었다.

비록 한쪽 팔을 잃어버리는 아픔을 겪었지만, 가느다란 한줄기
생명의 빛을 따라 그 뜨거운 욕망의 소용돌이 밖으로 해저 시계 병
사 하나가 무사히 빠져나왔다. 그가 지금 내 앞에 서 있는 외팔이
시계!

모자를 깊숙이 눌러쓴 외팔이 시계의 옆얼굴이 거실 벽면의 거
울에 비춰졌다.

그 거울 속에는 외팔이 시계의 눈을 바라보며 서 있는 나의 모습
도 보였는데, 아주 잠시 동안이지만 눈꺼풀이 사시나무 떨듯 떨리
고 있었다.

외팔이 시계는 오른손을 뻗어 내 손을 잡았다. 그리고는 마치 투
명 인간처럼 거울 속으로 걸어 들어갔다.

황금빛 상자 주변을 둘러싸고 있는 해적단의 모습이 보였다.

"으하하하! 드디어 보물 창고 열쇠를 찾았다!"

해적 두목의 두 손이 황금빛 상자에 닿았다.

그러자 갑자기 휘파람새 한 마리가 나타나 애절한 노래를 불렀다.

그 곡조에 따라 붉은 선이 상자 주변을 감싸며 허공에 글씨를 썼다.

[무無]

또다시 외팔이 시계와 함께 거울 밖으로 걸어 나오는 내 모습이 보였다. 애절한 노래를 부르던 휘파람새도 우리를 따라 함께 거울 밖으로 나오고 있었다.

거울 밖의 세상은 공허한 시계 초침 소리로 가득 차 있었다.

한동안 나는 그대로 바닥에 주저앉아 머리를 쥐고 있었다.

겨우 정신을 가다듬고 고개를 들었을 때쯤에는, 이미 휘파람새에서 나의 소녀로 변신을 한 별이가 내 손을 따스하게 잡고 있었다.

그날 이후 거북이 왕족들은 자기 오만과 교만함을 깨뜨리는 교화 술법을 연마하기 시작하므로 참회의 길을 걸었다.

또한 거북족을 대표하는 귀龜 왕자는 인간 세상에 곱추 난쟁이로 태어나, 진정한 사랑과 연민의 자비를 받아야만 고향인 바다 나라로 환궁할 수 있게 되었다.

그리고 고릴라같이 생긴 해적 두목(내현, 그흐 조종사)은 인자한 빛줄기 속에서 직업이 변경되어, 육지와 바다와 하늘을 항해하는 기술을 훈련하며 삶을 조명하는 연극인의 술법을 연마했다. 비록 기억을 잃어버리긴 했지만….

조각조각난 상흔을 지녔지만 빛의 세계를 선택하여 구사일생한 외팔이 시계는, 온갖 상처로 고장이 난 시계들이 가득 차 있는 기억의 집에 살면서 다양한 생명체들을 초청하여, 과거와 현재는 물론 건강한 미래를 위한 자비를 끊임없이 전파하며 살아가게 되었다.

"모든 승객 여러분은 신속하게 승선해 주시기 바랍니다. 바이칼 호는 곧 무인도 자비섬을 떠나 다음 여정지로 출항하겠습니다!"

텅 빈 허공에서 전파를 타고 파고드는 뽀얀 목소리를 들으며 우리는 꿈인 듯, 생시인 듯, 말없이, 천천히 발걸음을 옮겼다.

어슴푸레한 새벽 공기가 싸아하게 가슴을 쓸어내렸다.

갑판 위로 부는 바닷바람을 맞으며 우리 모두는 드넓은 바다를 향해 두 팔을 활짝 벌리며 심호흡을 크게 했다.

하늘은 마냥 푸르러 수천 년 역사의 긴 회랑 속에 생명의 역순환을 여백처럼 남기고 있었다.

쉼이
있는
시詩 언덕

▼
▲

초음파 위를 날아

곽영애

펑펑
옆구리가 터진 와디wadi[5)
불꽃으로
내려앉는다

바람의 뇌에게 지핀
불씨
한 겹 넘기자

온몸으로 진단하는 시대를 넘어
달무리를 밀고 나오는
음파의 진동 위를

---

5) 우기에만 물이 흐르는 곳.

날다

해골처럼 흘러내리는
마나과Managua[6]의 혀에
붉게 익은 별들이
솟구친다

죽은 자의 세상이
깊숙한 화염을
빨아들이고

촘촘히 박힌
내 영혼의 저장고에
심장 탐지기 하나 들여놓으면

거대한 신전 뒤편엔
빽빽하게 들어선 왕가의 심실이

----

6) 니카라과 수도(오래된 분화구가 있음).

고통에 떨면서
제례를 하는데
시끌벅적
죽음의 뼈를 들추어내다

절벽에 부딪친
밤의 뗏목이 되어
방향을 잃은 채

지구의 통곡을 길어 올리는 소리에
목숨을 건

하늘의 혈관
뜨겁게
들끓어 오른다

제6부

주문朱問 받습니다!

- 무진장無盡藏은 천강향天江香으로부터
주문朱問(붉은 질문) 하나를 받았다.

...

이 세상에서 가장 값지고 소중한 것은 무엇일까?

...

내가 너를 위해 무엇을 줄 수 있을까?

...

촘촘한 양선良善으로 지은 붉은 옥잠화를 선물할 거야! -

은하수에 쪽배를 띄우는 무진장無盡藏의 긴 머리카락이 바람에 흩날렸다.

통통거리며 여기저기를 뛰어다니는 물의 요정 팅팅이, 무진장無盡藏의 긴 머리카락 위를 마치 미끄럼을 타듯이 오르내리는 모습에 나도 모르게 웃음이 터져 나왔다.

"크크크! 내가 이렇게 망루에 앉아 길다란 망원 렌즈로 밤하늘을 관찰하고 있는 줄은 아무도 모를걸! 그렇고 말고! 난 지금 밤하늘을 관찰하고 있는 거지 무진장無盡藏과 팅팅을 관찰하고 있는 게 아니거든!"

비행접시처럼 변형된 바이칼호는 상공을 날고 있었고 승객들은 저마다의 취미에 몰두하며 시공간을 즐기는 모습이었다.

"너의 넓고 굵은 어깨 위로 넘실거리는 긴 머리카락이 너무 아름다워!"

팅팅이 노래처럼 흥얼거리는 소리가 들려왔다.

무진장無盡藏은 팅팅의 감미로운 음성에 즐거운 듯이 크고 길다란 귀를 쫑긋쫑긋 세웠다.

"물론 그렇지. 하지만 내가 늘 얘기했듯이 우리 거인 가문은 긴 머리카락만 아름다운 것이 아니야. 긴 머리카락보다 더 소중한 아름다움은 천만 년 동안의 장수 비법을 연구하며 전수하고 있는 사명자 가문이란 거지! 그리고 그 실제 수혜자가 바로 우리 도화到和 사부님이고!"

"호호호, 그래, 그래! 너의 혈통은 우리 아버지와 긴밀하게 연결되어 있지!"

천강향天江香이 보랏빛 치맛자락을 펄럭이며 휙 날아와 무진장無盡藏과 팅팅 곁에 섰다. 천강향天江香의 긴소매 폭에 보랏빛 나비가 앉았다.

"오, 천강향天江香! 마침 잘 왔어! 그렇지 않아도 너와 함께 은하수에 쪽배를 저어 가며 별바다에 흠뻑 젖어 들고 싶어 준비하고 있었거든!"

"그래? 오늘이 무슨 날인데?"

"무슨 날이긴, 내가 널 위해 주문朱問을 받는 날이지! 네가 늘 알고 싶어 했던 모든 것이랄까?"

"정말?"

천강향天江香의 반짝이는 두 눈이 나의 망원 렌즈에 조각달처럼 걸렸다.

"키가 크고 머리카락만 긴 줄 알았더니 생각도 엄청 깊구나!"

"당연하지. 나에게 넌 특별하니까!"

"알았어! 날 위해 준비했다니 은하수를 함께 노 저어 가 볼까?"

천강향天江香이 보랏빛 파장을 일으키며 배에 올라타자 무진장無盡藏이 팅팅을 보며 눈을 찡긋거렸다.

"치잇, 알았다구, 알았어! 둘만 가겠다 이거지? 흐흠, 그럼 잘 다녀와!"

팅팅이 별가루를 뿌리며 하트 모양을 남긴 채 사라졌다.

난 망루의 특수 렌즈를 확대하여 최대로 초음속 소리 경鏡을 높여 좌우로 돌려 가며 주변의 모든 미세한 소리들을 흡수하여 저장했다. 그와 동시에 360도로 회전하는 볼록 렌즈 속에 펼쳐지는 은하수의 오묘한 아름다움에 채색되어 갔다.

하늘 호수처럼 펼쳐진 은하수 바다 위에 아치형 쪽배를 띄우고 노 저어 가는 한 쌍의 연인!

그 사이로 달빛 정원이 피어오르고 바람의 곡조에 가냘프게 떨리는 흰 돛이 눈부시게 반짝거렸다.

"정말 멋진 그림인데!"

난 렌즈에서 눈을 떼지 못한 채 혼자 중얼거렸다.

"이 세상에서 가장 값지고 소중한 것은 무엇일까?"

천강향天江香의 보랏빛 눈동자가 무진장無盡藏의 동그란 눈망울을 바라보며 말했다.

"흐흠, 천강향天江香! 네가 늘 내게 하는 이 질문은 피가 흐르는 생명 같은 질문이지! 그렇기 때문에 내가 주문朱問이라고 명명했잖아! 또 그래서 내가 늘 너에게 '주문朱問 받습니다!'라고 대답하기도 했고!"

"넌 늘 대답 대신 깊은 고뇌의 모습을 보이곤 했는데…"

"아마도 오늘은 그 대답을 해 줄 수 있을 것 같아!"

무진장無盡藏의 건장한 어깨 위로 붉은빛 옥잠화를 정성을 다해, 사랑으로 키우고 있는 달나라 옥토끼 부부의 형상이 환영幻影처럼 스쳐갔다.

"우리 달나라 옥토끼가 되어 함께 억겁의 시간을 엮어 볼까?"

"호호호, 그래, 그래! 전설의 옥토끼가 되어 보는 것도 좋은 생각이니까."

특수 렌즈와 초음속 거울 경鏡을 통해 전해지는 대화에 내 귀가 더욱 쫑긋쫑긋 자라나고 있음을 느낄 수 있었다.

여유롭게 노를 저어 가는 무진장無盡藏이 천강향天江香의 긴 옷자락에 가벼운 숨을 몰아쉬며 말했다.

"난 오늘 너에게 이 세상에서 가장 값지고 소중한 선물을 주고 싶은데⋯. 네가 내게 늘 하는 주문朱問에 대한 대답이라고 할까⋯. 그런데 천강향天江香, 너 달나라 옥토끼 얘기 들어 본 적 있어?"

"들은 것도 같은데, 자세히는 잘 몰라!"

"달나라 옥토끼 부부는 붉은 옥잠화를 키우고 있는데,"

"응! 그런데?"

무진장無盡藏이 숨을 크게 들이키며 빛의 파장을 일으키자 연두빛 피리가 두둥실 떠오르며 연주를 시작했다. 그러자 은하수 너머 수많은 별바다에 오색찬란한 꽃등이 켜졌다.

천강향天江香의 커다란 눈동자에 달빛이 흐르고 한 송이 붉은 옥잠화가 피어나기 시작했다.

또오옥, 또옥!

꿀처럼 떨어지는 선율 속에 무진장無盡藏의 말소리가 꽃잎처럼 돋아났다.

"그 옥잠화는 선혈을 먹으면서 자라나 한 송이 붉은 꽃을 피우지. 그래서 그런지 그 꽃은 진실로, 유일하게 사랑하는 사람의 그 어떤 병이든지 온전히 치유하는 특성을 지니고 있다고 전해지고 있어."

천강향天江香은 그윽한 무진장無盡藏의 목소리에 잠겨 드는 듯 고개를 끄덕였다.

"그런데 그 옥토끼 부부가 키우는 옥잠화는 밤에만 피는 꽃으로 유성이 떨어지는 곳의 절벽에서 자라나고 있어서 구하기가 무척 어렵대…. 생명을 걸어야지 그 옥잠화 꽃을 딸 수가 있는 거지. 물론 그 꽃을 먹으면 사랑하는 사람의 병이 완전히 치유되는 거고!"

천강향天江香은 말없이 무진장無盡藏의 깊은 눈망울을 바라보았다.

"이미 알고 있었던 거야? 내 비밀스런 병을…; 보라색만 보이는 색맹 병을…."

무진장無盡藏은 천강향天江香의 보랏빛 옷소매에 앉은 나비를 쓰다듬으며 살며시 천강향天江香의 손을 잡았다.

"너에게 총천연색의 세상을 보여 주고 싶어! 보랏빛만 볼 수밖에 없는 너의 눈에 찬란하고 오묘한 총체적인 색채의 세계를 선물하고 싶어! 이 세상에서 가장 값지고 소중한 사람은 바로 너니까."

바람 소리가 조금씩 거세지자 조각배도 이리저리 흔들거렸다.

무진장無盡藏은 재빨리 노를 저어 구름섬에 안착했다.

무진장無盡藏과 천강향天江香은 팔장을 낀 채 은하수 너머 밤하늘을 바라보았다. 때마침 유성 한 자락이 길게 구름섬 남쪽을 향해 떨어지고 있었다.

무진장無盡藏은 재빨리 몸을 돌리며 말했다.

"천강향天江香, 여기서 안전하게 기다리고 있어! 내가 유성이 떨어진 곳을 봤으니 꼭 옥잠화 꽃을 가져올게! 그러면 넌 분명 보랏빛만이 아니라 온 세계의 총체적인 아름다운 색들을 모두 볼 수 있게 될 거야! 금방 올게!"

무진장無盡藏은 커다란 날개를 활짝 펼치며 구름섬 남쪽을 향해 높이 날아올랐다.

구름섬 너머 기묘한 절벽이 넘겨지는 책장처럼 연이어져 있어 마치 한 편의 드라마를 보는 듯했다.

드디어 무진장無盡藏은 절벽 한편에 작은 빛을 내고 있는 옥잠화를 발견했다.

"오, 떨어진 유성에 둘러싸여 마치 소중한 생명 싸개에 감춰져 있는 것 같네!"

무진장無盡藏은 기뻐하며 좀 더 가까이 가서 주위를 자세히 둘러

보았다.

"이런! 옥잠화 주변이 온통 다 가시덩굴에 둘러싸여 있네! 잘못하면 캐지도 못하고 가시에 찔려 흥건한 피범벅이 될 것 같은데…. 가시에 찔리면 피가 멈추지 않아 생명을 잃게 된다고 천지수화의서天地水花醫書에 기록되어 있던데!"

무진장無盡藏은 붉은빛의 파장을 모아 가시덤불을 제거하기로 했다. 빛 속에 내재된 수많은 선들이 소용돌이치자 가시덤불이 불길에 휩싸였다. 그러나 가시덤불은 불길 속에서도 여전히 건재했다.

"어휴, 이 가시덤불은 불길에도 타지 않는구나! 정말 묘한데…"

환상처럼 옥토끼 부부가 나타났다.

"진실된 사랑으로 조건 없이, 값없이, 자격 없이 베푸는 양선良善을 행한 자는 옥잠화 꽃으로 다른 생명도 구할 수가 있지! 그러나 옥잠화를 캔 대가로 자신의 생명이 죽거나 단축되는 위협을 받는 것은 피할 수가 없어."

환상 중에 그 말을 들으며 무진장無盡藏은, 모두들 힘을 합쳐 그림 속에 갇혀 지내던 옛 선조를 구출하던 장면을 떠올리는 모습이 내 특수 렌즈에 잡히고 있었다.

그러자 옥잠화를 둘러싼 가시덤불 하나가 시들어 가며 길을 열어 주는 모습이 보였다.

무진장無盡藏은 재빨리 손을 가시덤불 사이에 넣어 옥잠화 한 송이를 땄다. 그러나 옆의 가시덤불들이 새끼손가락을 찔러 피가 흘렀다.

"아, 너무 아픈데! 피를 멈춰야 할 것 같은데 멈춰지지가 않네!"

그때 어디선가 익숙한 피리 소리가 들려왔다.

선율을 타고 날아온 팅팅이 무진장無盡藏의 긴 머리카락에 앉았다. 팅팅은 재빨리 요술 봉을 휘둘러 무진장의 새끼손가락에 흰 붕대를 감아 줬다.

"무진장無盡藏 님! 값없이 양선을 행해 생명은 건졌지만 단축은 피할 수가 없답니다! 그러나 정말 최고야!"

"아아, 그래도 난 괜찮아! 아니, 오히려 너무 기뻐! 천강향天江香이 늘 말하던 '이 세상에서 가장 소중하고 값진 것이 무엇이냐?'는, 피 같은 생명의 질문인 주문朱問을 받아 그 해답도 행동으로 보여 줄 수 있게 되었으니까! 사랑하는 사람에게 내 생명도 아낌없이 줄 수 있어서 너무 기뻐!"

구름섬 조각배 위에 나란히 앉은 무진장無盡藏과 천강향天江香은 은하수가 펼치는 평행선과 곡선의 묘기를 바라보고 있었다.

"지금 보니 평행선과 곡선은 모두 다 오묘한 아름다움을 지니고 있다는 걸 알았어! 우리가 때로는 평행선을 가기도 하고 곡선을 가기도 하지만 결국은 서로에게 양선을 행하며 살아가고 있다는 것을! 이것은 정말 감춰진 비밀처럼 신비롭기도 한 진리 아닐까…"

천강향天江香은 말끝을 흐리며 울먹였다.

울먹이는 천강향天江香의 얼굴에 은하수를 비껴가는 하얀 달맞이꽃의 검은 그림자가 서려 있었다.

"괜찮아, 울지 마! 넌 평상시처럼 장난기 있는 천진난만한 모습이 예뻐!"

무진장無盡藏이 건네는 붉은 옥잠화 꽃을 받아든 천강향天江香의 울먹이는 소리가 밤하늘에 독특한 나비 문형을 그리고 있었다.

옥잠화 꽃은 천강향天江香의 입술에 닿자마자 그대로 온몸에 스며들어 가는 동시에 그녀의 치킴머리 위에 붉은 비녀로 꽂혔다.

말없이 서로 애틋하게 바라보는 연인들의 얼굴에 잠시 침묵이 흘렀다.

"천강향天江香! 너무 걱정하지 마! 너 우리 가문이 거인족이며 장수 집안이라는 것 잘 알고 있지? 난 절반만 살아도 다른 가문보다 생명줄이 길 테니까! 너에게 총체적인 빛깔을 선물할 수 있어 너무 행복해! 앞으로 어떤 생명의 위협이 올지 모르지만, 아니, 절반만 살 수밖에 없는 생명일지라도 지금과 똑같이 난 이 길을 택할 거야!"

천강향天江香의 눈물이 무진장無盡藏의 상처 난 새끼손가락 위에 방울방울 떨어졌다. 그 눈물이 묻어난 무진장無盡藏의 새끼손가락은 스르르 붕대가 풀리며 총천연색의 음표로 가득 채워졌다.

어느덧 사방에서 모여든 별들의 합창 소리가, 밤바다 위를 비추는 또 다른 세계의 은하계를 수놓으며 하늘과 바다가 서로 맞닿아 한 몸을 이루고 있었다.

망루에서 내려오는 나의 발걸음에도 평행선과 곡선을 달리는 양선의 음표들이 서로 조화를 이루며 하늘하늘 춤을 추는 듯했다.

제7부

봉인封印을 열면

- 인화술人化術에 능한 상상족象象族은
그 생명의 원천인 상아를 희생하는 충성을 행하므로,
흑암 속에 갇혀 멈춰 버린 우주의 봉인을 열어
삼라만상의 평화를 구축하는데. -

상상족象象族인 바다코끼리 해海의 긴 상아가 밀려오는 파도 위를 떠다니는 햇살과 부딪히며 눈부시게 빛났다.

나는 귀龜 왕자의 손을 잡고 바다코끼리 해海가 건네주는 팝콘을 먹으며 수억 광년의 우주 밖 이야기를 나눴다.

"그렇지! 어쩜 우주가 탄생하여 죽는 그 순간까지 우리는 눈으로 볼 수 없는 수많은 행성들의 감춰진 밀서를 열 수 없을지도 모르지! 그런데 생각해 봐! 밀서의 봉인을 열 때마다 신비롭게 감춰진 생명의 비밀을 알게 된다면 삼라만상의 평화도, 영원한 생명도 더 가깝게 오지 않을까?"

바다코끼리 해海의 심도 있는 언어가 그의 강한 눈망울에 튕겨지며 반짝반짝 빛을 발했다.

"오우, 해海야! 너 정말 기발한 발상이야! 그런데 너의 긴 상아는 어쩜 이렇게 멋지니?"

귀龜 왕자가 바다코끼리 해海의 긴 상아를 어루만지며 감탄했다.

그러자 바다코끼리 해海는 순식간에 인화술人化術을 사용하여 크고 건장한 갑옷 장군으로 변신했다.

"우리 바다코끼리들의 긴 상아는 선을 향한 충성의 공력에 따라 놀랍게 성장해 가는데, 상아가 길수록 인화술人化術에 능하다고 할 수 있지!"

나는 팝콘의 고소함을 느끼며 바다코끼리 해海가 입은 갑옷을
매만졌다.

"정말! 근사한 갑옷이네!"

"아~ 어쩜! 이건 타조의 문형이 새겨져 있잖아!"

귀龜 왕자가 놀랍다는 듯이 탄성을 연발했다.

바다코끼리 해海는 나와 귀龜 왕자를 번갈아 바라보며 타조 갑옷
이 탄생된 경위를 이야기했다.

"우리 조족鳥族의 특성은 아름답고 깨끗한 환경을 사수하여 각종
병마와 오염으로부터 우리 조족과 그 후손들을 지켜 내는 것이오!
어느 날이 될지는 아무도 모르지만, 흑족黑族에게 갇혀 버린 이름
모를 행성들이 보낸 밀서의 봉인을 여는 방법은 이것뿐이오!"

조족의 수장인 여장부 타조 무무無無가 각양각색의 독특한 풍치
를 드러내는 조족들을 모아 놓고 회의를 진행하고 있었다.

그때 흰 비둘기 가비佳飛가 푸른 잎사귀를 무무에게 급히 전했다.

"흑족黑族 이동移動 중中."

"다들 전시 태세로 무장하라!"

타조 무무無의 말이 떨어지자마자 모두들 하얀 빛의 결계結界
를 치며 각자의 위치로 돌아갔다.

"우리 조족鳥族의 무공해 영토를 절대로 흑족黑族에게 빼앗길 수
는 없다!"

모두들 사기 충천 하여 소리쳤다.

"영토가 흑족黑族의 손에 넘어가 검게 오염되지 않도록 전투태세
를 갖추어라!"

흑족黑族이 다가오면 올수록 조족鳥族의 흰빛들이 서로 뭉치며 단
단한 연결 고리를 만들어 나갔다.

빛과 어둠, 백白과 흑黑의 화살들이 격렬하게 서로 충돌했다.

"도화到和 사부님!"

타조 무무無無의 목소리가 빛의 파장을 뚫고 도화到和 사부님의
심장을 뒤흔들었다.

"이런, 이런!"

바닷가에서 수련 중이던 도화到和 사부님은 제자 무무無無의 사
태를 즉각적으로 간파했다.

"붉은빛의 파장을 형님 부부에게 보내 구원을 요청해야겠다!"

"장모님! 오랜만에 천궁天宮에서 저희 해궁海宮으로 나들이하셨는데 제 동생 도화到和가 사랑하는 여제자 무무無無의 조족鳥族이 흑족黑族에게 위협을 당하고 있답니다!"

"흑족黑族에게! 어림없지! 나도 참여하겠네!"

"저희 부부가 부대를 이끌고 갈 테니 장모님은 안전하게 여기 계세요!"

"아닐세! 내 영력靈力도 요긴하게 사용될 테니 나도 참전하겠네!"

"엄마! 흑족黑族을 물리치기 위해서는 인화술人化術에 능한 상상족象象族의 생명의 원천인 상아마저도 희생해야 하는 충성과 헌신이 필요해서 위험해요!"

"괜찮다. 우리 천족天族도 그 생명의 원천인 날개를 희생해서라도 흑족黑族을 물리쳐야 하는 건 당연한 일이니까! 상상족象象族뿐 아니라 천족天族인 너도 그 생명의 원천인 날개를 희생할 각오를 하고 있을 텐데, 나도 부모로서 당연히 모범을 보여야지!"

"그래요! 우리 모두에게는 생명의 마지막을 어떻게 마무리할지도 매우 중요하니까요! 역시 장모님은 천족天族 중의 천족天族이십니다!"

"그래요! 그럼 우리 다 함께 흑족黑族에게 갇혀 멈춰 버린 우주의 봉인을 열어 삼라만상의 평화를 구축하는 데 충성된 마음으로 헌신하자고요!"

"그렇게 상상족象象族과 조족鳥族, 천족天族이 함께 흑족黑族에게 대항했는데 흑족黑族의 쌍화살 중 한 촉이 천족天族인 우리 외할머니 심장을 스쳐 간 거지! 그런데 그게 독화살이었어. 다급해진 우리 부모님이 독을 빨아내어 긴급 처방을 한 후 잠시 외할머니의 초상화 속에 그 영혼을 봉인해 두셨고…. 본래 천족天族은 육체의 독이 완전히 해독될 때까지 그 영혼을 자신의 초상화 속에 보관하여 온전한 성결을 유지해야 하거든…. 그런데 문제가 발생한 거지! 그기간 동안 외할머니는 영력이 너무 많이 소실되어 버렸어!"

"아아, 그런 일이 있었구나!"

나와 귀龜 왕자가 동시에 입을 열어 말을 했다.

"그러니까 육체의 독은 해독되었는데 봉인된 영혼과의 연합이 문제였어. 좀 더 자세히 말하자면 봉인된 영혼은 외할머니 혼자, 스스로의 영력으로 열고 나와야 육체와 결합이 되는 것인데, 외할머니혼자 힘으로는 도저히 열 수가 없을 정도로 외할머니의 영력에 커다란 손상을 입은 것이지! 그래서 수억 겁 동안 봉인을 열 영력이 부족하여 그림 속에서 나오시지 못하게 되셨지!"

"다른 방법을 찾았을 것 같은데…."

귀龜 왕자가 턱을 괴며 말했다.

"물론이지! 하지만 육체과 영혼이 연합된 온전한 모습의 외할머니를 다시 현실 세계로 불러내는 데는 많은 어려움이 있었어. 그러니까 모든 조건과 영력이 총동원되어야 봉인을 열 수가 있는데…. 이것을 하기까지 많은 훈련과 준비 요건을 갖춘 생명체들의 진실된 충성과 하나로 된 협력을 필요로 했지!"

"으으흠! 으으흠!"

골똘히 생각에 잠긴 듯 귀龜 왕자의 신음소리가 약하게 새어 나왔다.

"진실되고 순결한 남녀 인간 대표 1인의 충성과 공력은 물론 하나로 일치된 협력 및 도화到和 사부님과 네 명의 제자들인 반야半夜, 공손화恭遜華, 무진장無盡藏, 천강향天江香은 말할 것도 없이 당연한 것이고! 타조 무무無無, 물의 요정 팅팅의 마법, 주변의 모든 환경 등 총 동원된 충성과 헌신의 연합을 필요로 했지! 게다가 고도의 훈련과 영력의 고단수를 충족시켜야 했고!"

"해海야! 그래서 네가 나와 별이의 만남을 통해 수많은 난관을 통과하여 진정한 공력을 쌓아 갈 수 있도록 안내해 주었구나!"

나는 바다코끼리 해海와 거북 왕자 귀龜의 얼굴을 의미 있는 눈짓으로 바라보며 말했다.

"내가 슬이 형을 만난 것도 우주 삼라만상의 봉인된 비밀 중 하나가 열린 것이겠지! 결국 인연이 이렇게 이어져 나가고 있으니!"

순간적으로 재주를 넘는 귀龜 왕자가, 변신술을 사용하여 살짝 본래의 모습인 거북이 모형을 스쳐 가듯이 보여 주며 내게 동의를 구하듯 얘기했다.

"이것이 바로 슬이, 별이, 도화到和 사부님과 네 제자, 타조 등과 함께 수억 겁 동안 닫혀진 봉인을 열어 그림 속의 시조님을 현 세계로 불러내야 할 비밀 이야기였지."

"오우~! 그렇구나, 그렇구나!"

나와 귀龜 왕자는 동시에 감탄사를 연발했다.

"물론 전쟁은 우리의 승리로 끝났지만 우리 부모님이 전쟁 중 부상과 함께 영력을 잃어버리게 되어 결국 해궁海宮에서의 생을 마감하게 되셨어."

"으흠~! 음! 그러니까 오염되지 않은 빛의 나라의 영토 보전을 위한 충성심과 그 공력이 인정되어 지금은 천궁天宮에 입성해 계신단 말이지!"

말없이 듣고 있던 귀龜 왕자가 다시 말을 이었다.

"어쨌든 모든 생명 세계는 서로 선善을 향해 충성으로 협력하며 살아가야 한다는 교훈을 남기고 있는 거겠지. 어둠의 세력과 맞서 싸우는 담대함과 함께 진리가 무엇인지도 알게 해 주고! 또 어떻게 살아가야 하는지, 무엇을 위해 생명을 걸어야 하는지 그 방향도 잘 가르쳐 주고 있지!"

해海와 귀龜의 이야기를 듣고 있던 나도 한마디 했다.

저 멀리 여장부 타조 무무無無에게 푸른 잎사귀 편지를 전했던 가비佳飛가, 아름다운 날갯짓을 하며 햇살이 눈부신 하늘을 차고 올랐다.

그 모습을 말없이 지켜보던 귀龜 왕자가 두 눈을 반짝이며 물었다.

"그런데 여장부 타조 무무無無는?"

"흑족黑族의 세력을 물리치고 조족鳥族의 정결한 환경과 오염을 막아 내는데 앞장섰던 여장부는 말이지! 으흠흠! 도화到和 사부님과는 사랑하는 사이였고 지금은 혼인하여 천강향天江香과 공손화恭遜華 두 딸을 낳았어!"

바다코끼리 해海가 긴 상아를 매만지며 진지한 표정으로 드넓은 바다를 바라보며 말했다.

"도화到和 사부님의 제자 양육을 돕는 것은 물론 변신술에 함께 동행하시며 때론 어여쁜 아내로 변신하시고, 어떤 땐 도화到和 사부님을 태우고 창공을 멀리, 높이 날아다니며 온 우주를 지키고 계시지!"

나도 잘 알고 있다는 듯이 한마디 거들었다.

"이 타조 갑옷은 우리 부모님의 유산인 동시에 모든 조족鳥族들의 피의 공로로 만들어졌어! 난 어려서부터 갑옷 장군이라고 불리어졌고!"

바다코끼리 해海가 말을 받아 이었다.

"부모님의 충성과 헌신된 공력에 보답하기 위해 모든 조족鳥族들이 자신의 깃털 중 가장 영력이 강한 깃털을 뽑아 여장부 타조의 문형을 새겨 너희 부모님께 선물한 것이구나!"

나는 고개를 끄덕이며 고조된 감동의 언어를 구사했다.

"조족鳥族들은 깃털을 뽑을 때 자신들의 영력이 절반은 소실되는데도 기꺼이 이 갑옷을 정성스레 지어 선물을 했지! 부모님을 닮아 빛의 역할에 충성하며 살아가라는 의미 아니겠어?"

바다코끼리 해海의 얼굴에 결연한 의지와 고귀한 의미가 한꺼번에 교차되고 있었다.

저 멀리 휘파람새 별이와 물의 요정 팅팅이 우리를 향해 날아오는 모습이 보였다.

그흐 다기능 조종사는 변신된 마법선인 우주선 안에서 우리를 기다리고 있었다.

모든 생명체를 태운 우주선은 마법에 걸린 듯 다음 여정을 위해 다시 높이 날아올랐다.

나는 그흐 선장 내현과 난쟁이 곱추 귀龜 왕자를 만났던 그 바닷가와 공연장을 떠올리며 두 눈을 감았다.

제8부

귀먹은 독백술獨白術 뒤에

- 때로 귀먹은 사람처럼
독백술獨白術에 취한 반야半夜!
...

당신은 시간과 상황을 정지시키고
내면內面을 연마하는
독백술에 몰입한 적이 있는가?
그대가 바로 온유한 자라오! -

우리의 우주선, 아니, 어쩌면 날아다니는 행성이라 할 수 있는 변화무쌍한 마법선은 알 수 없는, 끝없는 어느 한 시공간에 착륙했다.

내가 반야半夜와 다시 마주치게 되었던 그 시공간엔 눈이 내리고 있었다. 그리고 그의 관할 영역인 북쪽 얼음 성城에도 서서히 차디찬 어둠이 깃들기 시작했다.

머리카락 한 올 없이 모두 밀어 버린 반야半夜의 얼굴에 굵은 광대뼈가 드러났다. 조상 대대로 물려받은 그의 얼굴엔 여전히 반야반주半夜半晝의 흔적이 역력했고, 늘 흑암의 세력과 싸우는 매서운 눈매를 유지하고 있었다.

"반야半夜! 이게 얼마 만이야! 같은 마법선 안에서도 이렇게 깊은 협곡과 해후가 있다니! 정말 도저히 상상할 수가 없을 지경이야! 마법선의 괴력이라고나 할까?"

반야半夜는 경계의 시선을 늦추지 않고 사방을 두리번거리며 내게 다가왔다.

"슬이 넌 여전히 신선하구나!"

"낮과 밤이 반야半夜 너의 묵묵하면서도 올곧게 전진하는 끈질긴 온유의 땀과 수고로 순환하고 있으니, 정말 존경스럽다!"

"눈이 내리는 얼음 성城의 풍경은 정말 시리도록 아름답지! 그러나 그 밤은 정말 혹독해! 자칫 한눈을 팔면 금방 깊은 어둠에 갇혀 빠져나오기가 쉽지 않으니까…"

나는 담담하면서도 비장한 얼굴로 말을 이어 가는 반야半夜의 눈을 바라보며 이야기에 귀를 기울였다.

"슬아! 너 우리 얼음 성城 안으로 들어가 볼래? 네가 해야 할 일도 있고!"

"좋아! 나도 너의 관할 영역이 어떤지 보고 싶었는데!"

"그런데 성城 안에 들어가려면 마법의 옷을 입어야 해! 물론 얼음 성城 특유의 만년설빙萬年雪氷으로 만들어졌어. 그리고 다른 사람 눈에는 네가 보이지 않도록 특수 기법으로 처리된 것이야!"

나는 마법의 옷을 입고 반야半夜의 안내를 받으며 천천히 얼음 성城을 향해 걸어갔다.

얼음 성城은 북풍의 한기 속에서도 그 웅장함을 뽐내고 있는 멋진 고딕 성채城砦였다.

그윽한 밤안개가 내리는 하얀 눈과 어우러져 성城 전체를 신비하게 감싸고 있었고, 나는 마치 어릴 적 동화에서 본 비밀의 성城 같은 묘한 분위기를 느꼈다.

성城 안으로 들어서자 반야半夜는 나의 손을 잡고 얼음 성城 곳곳을 훨훨 날아다녔다. 날카롭고도 매끄러운 거리엔 어둠을 밝히는 풍등風燈이 북풍의 한설寒雪과 얽히고설켜 수많은 이야기를 뿜어내는 듯 했다.

"오늘 밤은 우리 얼음 성城이 하늘로부터 내려온 날을 기념하는 천강절天降節 행사가 있어! 그래서 모두들 갖가지 색채로 풍등을 날리며 즐거워하고 있지!"

"하얀 눈과 함께 날리는 풍등는 정말 설빙국雪氷國의 극치미를 보여 주는구나! 마치 내가 오랫동안 꿈꾸던 파라다이스에 온 것 같아!"

반야半夜는 내 어깨를 잡고 많은 사람들이 웅성거리는 거리 한복판에 가볍게 내려섰다.

"천강절天降節 밤 행사는 모든 백성들이 준비한 갖가지 진귀한 상품들을 서로 교환하는 장터이기도 한데, 구경 좀 할래?"

"그래, 그래! 반야半夜 네가 생활하고 있는 설빙국雪氷國의 문화와 풍습이 어떤지 정말 알고 싶어!"

"슬이 넌 다른 사람들의 눈에는 보이지 않으니까 행동에 유의하고!"

"알았어! 반야半夜 네 옆에 바짝 붙어 있을 테니까!"

나는 반야半夜의 안내를 받으며 불빛에 반짝이는 시장 안으로 들어섰다.

"반야半夜! 바닥이 모두 얼음으로 되어 있어서 걸어 다니다 미끄러지겠는데!"

내 말이 채 떨어지기도 전에 반야半夜는 가벼운 법술인 듯 손가락을 툭 쳤다,

순식간에 내 발에 무언가가 신겨졌다.

"갈고리 신발이야! 이곳에 사는 모든 백성들은 선천적으로 얼음 위로 걸어 다닐 수 있지만, 외부인이나 방문객에게는 갈고리 신발이 필요하지!"

"하하하하하! 반야半夜, 내 모습이 너무 우스꽝스럽지 않아? 만년설빙 갑옷에다 갈고리 신발이라! 하하하, 그런데 기분은 너무 좋은데!"

나는 내 모습이 너무 우스워 마구 웃음을 터뜨렸다.

"후후후! 짓궂긴…. 장난 그만하고 빨리 시장 구경 하러 가자!"

시장 안에는 희귀한 약재, 얼음으로 조각한 인형, 펭귄 그릇, 눈물을 흘리며 녹아내릴 때마다 아름다운 곡조가 흘러나오는 조각배

등 내가 볼 수 없었던 신기한 것들이 여기저기 놓여 있었다.

"젊은이! 이 약초 좀 보고 가소!"

수염이 텁수룩한 할아버지가 반야半夜를 불렀다.

반야半夜는 날카로운 눈매를 치켜세우며 몸을 돌려 약초 파는 할아버지에게로 다가갔다.

"이 견지초堅志草는 설빙 속에서 자라나 백 년에 단 한 번만 캘 수 있는 아주 진귀한 것이라오!"

"네에. 그런데 이 견지초堅志草의 효능은 무엇인가요?"

"이것을 사는 사람이 가장 위급하고 긴급하다고 느끼는 것, 그것을 단번에 해결해 주는 신비한 약초네! 그런데 아쉬운 것은 이 약초는 단 한 번만 쓸 수 있소. 그러나 그 효능은 즉시로 나타나지!"

반야半夜는 내 얼굴을 바라보며 예리한 눈매로 어떻게 할지를 말없이 묻고 있었다.

"거, 보이지 않는 자네라지만 내 눈에는 다 보인다오!"

나는 이 말을 들으며 만화 속의 신선 같은 할아버지의 두 눈을 바라보았다.

"가격은 저 보이지 않는 젊은이가 입은 마법의 옷, 만년설빙 갑옷의 비늘을 하나 뽑아 주면 되오!"

반야半夜는 내가 입고 있는 갑옷의 비늘 하나를 뽑아 할아버지의 손에 건넸다.

그런데 이상한 것은 눈 같고 얼음 같던 그 비늘의 색깔이 할아버지 손에 닿자 즉시로 파랑 빛깔의 작은 열쇠로 변했다.

"아니! 반야半夜, 이게 어떻게 된 일이야?"

내가 놀라서 반문하는 사이 약초 신선 할아버지는 '펑' 소리를 내며 순식간에 사라졌다.

"우리 설빙국雪氷國 얼음 성城의 시장 거래는 수많은 험곡일지라도 올바른 진리를 위해 뜻을 굽히지 않는, 진정으로 온유한 자들이 무엇이든 교환할 때 이런 현상이 일어나지!"

나는 다 알 수는 없었지만 수긍한다는 표시로 연신 고개를 끄덕이며 반야半夜의 진지한 얼굴을 바라보았다.

"그러니까 무엇이든 받는 사람에게 가장 필요한 것으로 변신하는데! 조건은 '올바른 진리를 사수하는 진정으로 온유한 자'라는 것이지! 할아버지는 이런 정의에 합당한 자란 게 판명 난 것이라고나 할까? 아무튼 할아버지에겐 파랑 빛깔의 작은 열쇠가 시급했던 게지!"

"그럼 이 약초의 효능은 반야半夜 네가 '올바른 진리를 사수하는 진정으로 온유한 자'라는 게 인정되어야 그 능력을 발휘하겠네!"

"맞아! 어떻게 이 약초가 쓰일지는 나도 잘 모르는데…. 기대는 아주 커!"

"그런데 기분은 썩 괜찮지 않아?"

"그러게! 아주 좋은데!"

나는 반야半夜의 손에 이끌려 얼음 성城 여기저기를 날아다녔다. 그러다 보니 설빙국雪氷國의 그 시린 절경의 미묘한 이면에 감춰진 겨울밤 북풍의 혹독한 추위도 그대로 느낄 수 있었다.

"자! 이제 슬이 너에게 보여 줄 곳으로 가자!"

"그곳이 어딘데?"

"조금만 더 가면 돼! 저 멀리 커다란 물방울이 있는 곳이 보이지? 저곳에 가면 내가 너를 왜 이곳에 데려왔는지를 잘 알 수가 있어!"

"우와, 물방울이 엄청 크네! 그런데 물방울이 우리를 보고 활짝 웃는 것 같은데!"

"그래, 맞아. 우릴 환영하며 기다리고 있었던 거지!"

우리가 가까이 가자 커다란 물방울이 우리를 와락 껴안는 것 같았다.

우리는 물방울 안에서 호흡하고 있었다.

"반야半夜! 이 물방울은 꺼지지도 않나 봐! 물방울 세계에 갇힌 것도 같은데!"

"그렇지! 이 물방울 세계는 사라지지도 않고 어둠이 침범하지도 못해! 빛의 영역에 사는 선조들이 수천 년 동안 수련한 법술로 이 물방울 세계를 건립한 거니까."

반야半夜의 말을 들으며 나는 물방울의 여기저기를 만져 보았다. 물방울이 살아 숨 쉬고 있다는 걸 쉽게 감지할 수 있었다.

"슬아! 물방울의 체온이 느껴질 때마다 마음이 온유해지는 것 같지 않아? 지금 물방울이 우리를 데려다주는 세계는 내면이 온유로 강화된 자만이 갈 수 있는 세계야!"

"어, 그래? 그런데 난 그 온유 법술을 익히지 못했는데…"

"그래서 이 물방울의 도움이 필요한 거고 또한 천계天界의 내공이 필요한 거 아니겠어? 슬이 넌 이미 선조들의 혈통적 내공과 너의 삶에 새겨진, 네가 인식하지 못하고 있는 일상적인 갖가지 내공으로 현재 이 소설 속에 8부작까지 등장하며 모든 주인공들을 만나고 있는 거니까…"

"하하하하하, 그렇지! 그렇지! 반야半夜, 우린 지금 판타지 소설의 8부작까지 등장하는 영웅들이라 할 수 있지!"

나는 신나게 웃으며 배꼽을 쥐었다.

물방울이 우리를 감싸며 둥둥 떠올랐다.

그 광경을 지켜보는 반야半夜의 커다란 눈망울에 바다가 출렁이는 것 같았다.

나는 신기한 표정으로 반야半夜의 눈망울 속에 비치는 바다를 바라보았다.

"반야半夜! 네 눈에 드넓은 바다가 출렁이고 있어!"

반야半夜는 싱긋 웃으며 말을 이어 갔다.

"이 물방울은 법력이 약한 자의 온유한 내면에 순간적인 틈이 생기는 불상사를 막아 주는 역할을 하고 있어. 그리고 법력이 강한 자에겐 그 온유를 더욱 더 강화시켜 주지! 그래서 이 물방울 나라에 들어오면 세상의 온갖 소리에 귀먹은 듯, 오직 독백술獨白術에 몰입하면서 온유한 마음을 수련하여 강화시킨 내 눈망울엔 끝없는 온유의 바다가 출렁이고 있는 거야! 아무튼 이 물방울 나라는 아무나 들어올 수 있는 게 아니야!"

"으흠! 그래서 반야半夜 네가 세상의 어떤 상황과 고난에도 귀먹은 듯 눈을 감고, 흑암의 세력과 끊임없이 싸우면서도 꿋꿋하게 독백술로 온유를 연마한 것이구나!"

"선조들의 피땀이 없었으면 낮과 밤의 수레를 균형 있게 돌려서 사계절을 순환시켜야 하는 내 역할에도 많은 난관이 있었을 거야! 물론 내 목숨 부지하기도 어려웠을 거고…. 어둠의 세력은 한 번 허점을 보이면 단숨에 그 영역을 엄청나게 확장시키거든! 그럴 때 자칫 내가 쌓은 온유의 공력이 무너질 수가 있어서 물방울이 늘 도와주고 있는 거야. 내가 무너지면 빛이 사라지고 어두운 밤과 혹독한 겨울만 계속되니까 늘 긴장하지 않을 수가 없거든!"

물방울이 우리를 싣고 긴 계단 밑으로 훨훨 날아갔다.

놀랍게도 그 긴 계단 밑에는 또 다른 세상, 또 다른 백성들이 살고 있었다.

"오, 반야半夜! 얼음 성城 지하 세계가 이렇게 밝고 번화할 줄은 상상도 못 했어! 이게 다 네가 관할하는 지역이란 말이지?"

"이곳은 남쪽과 북쪽의 경계 지역인데 공손화恭遜華가 파랑 빛의 파장으로 행복한 파랑새들을 많이 날려 보내 줘서 모두들 얼굴이 밝게 빛나고 있지!"

물방울이 문을 열고 반야半夜와 나를 지하 도시에 내려 주었다.

파랑 빛의 전사인 공손화恭遜華가 우리를 알아보고 손을 흔들었다.

"공손화恭遜華가 있는 곳이 남과 북의 경계선이야! 때론 공손화恭遜華 자신이 직접 파랑새로 변해 이곳으로 날아오기도 하며 나를 많이 도와주고 있어!"

여기저기에서 파랑새들이 즐겁게 노래하는 소리가 들렸다. 그래서인지 설빙국雪氷國 얼음 성城이라고는 상상이 되지 않을 정도로 따스한 온기로 휩싸여 있었다.

"얼음 성城 지하 세계가 평화로우면 그 영향력이 지상 세계까지 미쳐! 그래서 아까 슬이 네가 본 야시장의 풍광도 아름다운 것이고!"

"응! 그래! 그러니까 지하 세계가 어둠의 세력에 침범당하지 않도록 심혈을 기울여야 하는 거구나."

때마침 파랑새로 변한 공손화恭遜華가 우리 곁으로 날아와 노래했다.

"파랑 빛의 전사 파랑새는
오묘한 물방울과 어우러져
온유로 가득 찬
행복한 사계절을 선물하네!
생명이 흐르는 낮과 밤의 그물망이 드넓게 펼쳐지니
아름다운 우주의 조화, 찬란한 창조 세계여!"

"와우, 와우~!"

우리는 손뼉을 치며 공손화恭遜華가 빚어내는 매력적인 곡조에 환호했다.

주변에 있던 지하 세계 백성들도 하던 일을 멈추고 다 함께 춤을 추며 즐거워했다.

그때 한 병사가 우리를 향해 쏜살같이 날아왔다.

"반야半夜 장군님! 급보입니다! 흑수黑獸, 흑룡黑龍이 미약한 남자 어린아이에게 마법을 걸어 생명이 위독한 상태입니다!"

"모두들 각자의 위치로 돌아가 결계結界를 최고도로 강하게 치고 만전을 기해 주시기 바랍니다!"

반야半夜는 침착하면서도 매서운 눈초리로 백성들을 향해 말했다.

나와 반야半夜, 파랑새로 변신한 공손화恭遜華는 서로 머리를 맞대며 힘을 모았다.

"그러니까 우리 얼음 성城의 이러한 문제를 해결하기 위해 슬이 너를 여기로 데려온 거야!"

반야半夜와 공손화恭遜華는 두 눈을 반짝이며 나를 바라보았다.

"나는 어떤 상황이든 온유함을 잃지 않는 독백술 진법에 아주 강해!"

"난 어떤 역경이든 행복을 느끼게 하는 파랑새 마법에 매우 뛰어나고!"

"그런데 나와 공손화恭遜華가 아무리 변신술로 남북의 경계를 안전하게 넘나들며 힘을 합해도 어둠의 세력인 흑수黑獸, 흑룡黑龍이 이렇게 법술이 나약한 아이들을 침범하는 것을 완전히 막을 수는 없어!"

"그래서 슬이 너의 도움이 필요해!"

파랑새 공손화恭遜華가 반야半夜의 손바닥 위에서 날개를 퍼덕거리며 말했다.

"직접 상황을 보며 대책을 세우는 것이 가장 좋은 방법이니까!"

반야半夜는 파랑새 공손화恭遜華를 머리 위에 올린 채 팔짱을 끼고 생각에 잠긴 눈으로 나를 바라보았다.

"당연히 내가 도와야지! 어떻게 하면 될까?"

"난 독백술을 연마할 때 흑수黑獸가 온갖 흑암의 언어로 나에게 비난의 화살을 쏘아 대도 절대 반응하지 않아! 그럴수록 독백술로 더욱 더 온유한 내면을 강화시키지! 그게 내가 흑룡黑龍에게 무너지지 않는 비법이라고 할 수 있지!"

"나 역시 흑룡黑龍, 흑수黑獸가 갖가지 불행한 환상을 보여 줘도 끝없이 행복한 파랑새를 날려 평화롭고 온유한 내면을 한순간도 잃어버리지 않으려고 피땀을 흘리고 있어!

"슬이 넌 그림도 잘 그리지만 조각도 잘하잖아! 너의 특기를 잘 활용하면 충분히 흑룡黑龍을 이길 수 있어!"

간절하게 말하는 반야半夜의 매서운 눈매가 날카롭게 반짝이며 나를 끌어당겼다.

나는 최고 속도로 얼음 흑룡黑龍 조각을 마쳤다.

"자, 이제 이 얼음 흑룡黑龍이 녹아내리지 않도록 마법을 걸자!"

반야半夜와 공손화恭遜華가 동시에, 침착하게 말했다.

"나는 흑룡黑龍이 가장 싫어하는 순결한 영혼의 비밀 암호를 불어넣을게!"

반야半夜와 파랑새 공손화恭遜華가 마법에 몰입하는 사이 나는 흑룡黑龍이 가장 싫어하는 순결한 영혼의 비밀 암호를 길게 불어넣었다.

"이 비밀 암호는 우리 집안 대대로 선조 때부터 내려온 가장 귀중한 거야! 우리 집안의 혈통 외엔 절대로 이 암호를 풀 수가 없기 때문에 한 번 갇히면 절대 나올 수가 없지!"

우리는 훈련된 병사들과 함께 얼음 흑룡黑龍의 조각품을 가지고 재빨리 생명이 위급한 남자 어린아이에게 날아갔다.

"도와주세요! 도와주세요!"

아이의 부모가 달려 나왔다.

우리 모두는 아이에게 있는 흑룡黑龍의 영혼을 얼음 흑룡黑龍으로 옮기기 위해 생명을 걸었다.

"매직 파워!"

"아아악! 숨이 막혀! 헉헉, 목을 가눌 수가 없어!"

흑수黑獸의 외마디 소리가 들려왔다.

그러더니 이윽고 어린아이에게서 흑수의 검은 그림자가 서서히 꿈틀거리기 시작했다.

"드디어 그 정체를 드러내는군! 원흉! 흑룡黑龍!"

반야半夜의 말이 채 떨어지기도 전에 가냘픈 음성이 내 귓전을 울렸다.

"으으으, 내 심장, 심장에!"

아이의 몸을 빠져나오려는 흑룡黑龍이 몸부림치면서 공손화恭遜華의 심장을 공격했다.

파르르 떨어지는 파랑새 공손화恭遜華를 반야半夜가 재빠르게 두 팔로 안았다.

언제 날아왔는지 물의 요정 팅팅과 귀龜 왕자, 바다코끼리, 도화到和 사부님, 천강향天江香, 무진장無盡藏, 그흐 멀티 조종사 및 모든 병사와 병력들이 총집결되어 흑룡黑龍과 함께 싸우고 있었다.

나를 제외한 모두는 그야말로 신출귀몰! 독특한 변신술에 능했다.

"공손화恭遜華가 위험해! 슬이야! 빨리 나와 함께 이곳을 빠져나가 공손화恭遜華를 치료하자!"

"여기는 우리에게 맡겨! 반드시 흑룡黑龍에게서 어린아이를 되찾아갈게!"

귀龜 왕자가 크게 소리쳤다.

커다란 물방울이 급하게 문을 열어 반야半夜의 품에 안긴 공손화恭遜華와 나를 휘감은 채 높이 날았다.

생생전生生殿에 도착한 공손화恭遜華를 향한 신속한 응급 처치가 이루어졌다.

잠시 후 전문의 환還이 우리를 보고 고개를 가로저었다.

"어렵습니다!"

순간 반야半夜의 커다란 눈망울이 흐려졌다.

"반야半夜 장군님! 남자아이가 아직도 실신한 채로 정신을 차리지 못하고 있습니다."

지휘관 창槍이 전투의 흔적이 역력한 갑옷을 입은 채 어린아이를 안고 들어와 반야半夜에게 보고했다.

전문의 환還이 재빨리 아이를 공손화恭遜華 곁에 있는 작은 침대로 옮겼다.

전문의 환還이 치료하는 동안 흑룡黑龍과의 전투에 참여했던 우리 모두는 생생전生生殿 수련화 정원에 모여 전후 상황을 논의했다.

"모두의 총력전으로 흑룡黑龍을 완전히 제압했습니다. 그리고 흑룡黑龍의 영혼은 얼음 조각에 갇힌 채로 영원히 깨어날 수 없는, 만년설빙국萬年雪氷의 빙염굴氷鹽窟 가장 깊고 어두운 곳으로 던져졌습니다."

지휘관 창槍이 말할 때마다 그가 입은 갑옷에서 무지개 빛이 반사되고 있었다.

"아! 반야半夜! 그 신선 할아버지가 준 견지초堅志草 잘 간직하고 있지?"

나는 환호성을 치며 말했다.

그때 우리를 향해 다가오는 전문의 환의還 모습이 보였다.

"흑룡黑龍의 영혼이 빠져나가면서 아이의 생명을 실오라기 같은 단 한 숨만 남겨 놓았군요! 공손화恭遜華와 마찬가지로 원활한 호흡을 되찾기가 쉽지 않을 것 같습니다!"

"반야半夜, 그런데 그 견지초堅志草는 단 한 번만 쓸 수 있다고 했잖아!"

난 긴장한 채로 서둘러 얘기했다.

"그리고 반야半夜 네가 '수많은 험곡일지라도 올바른 진리를 위해 뜻을 굽히지 않는, 진정으로 온유한 자'일 때만 그 효능이 발휘될 수 있다고 한 것 기억하고 있지?"

"물론이야! 그런데 단 한 번만 가장 위급하고 긴급한 것을 즉시로 해결해 주는 이 신비한 약초를, 공손화恭遜華와 어린 남자아이 중 누구에게 사용해야 할까?"

반야半夜는 고통이 담긴 눈길로 나를 바라보았다.

난 반야半夜가 공손화恭遜華를 자신의 생명보다 더 사랑하고 있다는 것을 이미 잘 알고 있었다.

견지초堅志草를 달인 약을 든 채 공손화恭遜華와 어린 남자아이 사이를 걷고 있는 반야半夜의 등에 하얀 날개가 솟아났다.

천천히 걸어가는 반야半夜의 얼굴이 어린 남자아이에게로 다가섰다.

이내 아이를 안고 견지초堅志草를 먹이는 반야半夜의 얼굴에는 우주의 모든 시간과 상황이 정지된 것 같았다.

그 순간 반야半夜는 입술을 움직이며 다른 사람들에게는 들리지 않는 혼자만의 독백술에 몰입하고 있었다.

아이를 살리는 기쁨과 공손화恭遜華를 향한 고통을 함께 겪어야 하는 반야半夜의 상황이 흑과 백, 밤과 낮의 음영으로 엇갈리며 반사되고 있었다.

"이곳이 어디예요?"

아이가 침대에서 일어나며 물었다.

반야半夜의 입가에 결연하면서도 온유한 미소가 번졌다.

생생전生生殿 창밖엔 하얀 눈이 흩날리고 있었다.

나는 반야半夜와 함께 공손화恭遜華 곁을 지켰다.

반야半夜는 공손화恭遜華의 손으로 자신의 얼굴을 감쌌다.

"다들 잘 지내고 있는가? 오늘 설빙국雪氷國 얼음 성城

도시 곳곳에 내리는 눈이 어쩜 이렇게도 아름다울까?"

우리는 바람처럼 날아든 목소리에 화들짝 놀랐다.

견지초堅志草를 팔았던 흰 수염의 신선 할아버지!

"하하하! 역시 내가 심중心中을 꿰뚫어 보는 데는 고수高手란 말

야!"

나와 반야半夜는 눈이 휘둥그레진 채 일어섰다.

"아니, 견지초堅志草 할아버지가 어떻게 여길!"

"내 자네에게 이 파랑 빛깔의 작은 열쇠를 주려고 왔네! 반야半夜

자네가 올곧은 온유의 길을 택해, 자네가 사랑하는 공손화恭遜華보

다도 우리 설빙국雪氷國의 희망인 어린 남자아이의 생명을 먼저 구

했기에 주는 선물일세!"

"신선 할아버지!"

반야半夜의 두 눈에서 못내 참아 왔던 눈물이 흘러내렸다.

"이 파랑 빛 열쇠가 필요한 자가 누구인지, 반야半夜 자네는 이미

알고 있지 않은가! 이 파랑 빛 열쇠엔 파랑 빛 생령이 가득 차 있어

서 파랑 빛 열쇠에 딱 맞는 주인을 만나면 빠르게 그 생령을 회복시

켜 주네!"

"감사합니다, 신선 할아버지!"

반야半夜는 울먹이며 말했다.

"아아! 정말 아주 신비한 열쇠네요!"

내 입술에서 저절로 튀어나온 감탄사가 채 사라지기도 전에 신

선 할아버지는 '펑' 소리와 함께 자취를 감춰 버렸다.

반야半夜는 재빨리 파랑 빛깔 열쇠를 공손화恭遜華의 심장에 얹어 놓았다. 열쇠가 심장에 하트 모양을 그리며 녹아들어 가기 시작했다.

공손화恭遜華의 가슴에 행복을 전하는 파랑새가 파르르 파르르 가냘프게 떨리듯 날갯짓을 시작하고 있었다.

내가 얼음 성城을 나오자마자 마법의 옷은 순식간에 벗겨졌다.

공손화恭遜華는 반야半夜의 손을 잡은 채 수많은 파랑새를 내게 날려 보내고 있었다.

나는 반야半夜와 공손화恭遜華에게 정겹게 손을 흔들며 뒤돌아섰다.

그리고 얼음 성城에서 경험한 모든 일들이 하얀 눈길 위에 선명하게 찍히는 내 발자국처럼 가슴속 깊이 새겨졌다. 또한 삶의 모든 순간순간마다 나에게 진정한 온유가 무엇인지 깊이 생각하게 하는 잊을 수 없는 사건이 되었다.

쉼이

있는

시詩 언덕

▼
▲

어느 가을날 DJ는,

곽영애

한줄기 죽도의 갈바람이
그의 가슴 한 골짜기를 돌다
타닥타닥
걸어오는 낙엽을 만났다

한 발자국 뗄 때마다
움츠린 시간의 마디
허허로이 튕겨 나가고

파르르 떠는 그의 눈매 위로
휑한 바다의 잔주름이 퍼덕거린다

반쯤 열린 DJ실엔
지직거리는 엘피판이
그 가을을 넘기지 못하고 있는데

내 헐거운 잇바디에 걸린
빛바랜 초상肖像이
뚜욱 떨어지자

홀로
소행성의 궤도를 따라
흘러들어 가는 눈물
겹겹이 굽이친다

잠시 멈춰 선 먹구름 속으로
깡마른 그의 음표들이 하얗게
걸어 들어가고

삐거덕거리는

세월에 꺾인 채로
덧창문마저 닫힌 섬의 숨소리는
윙윙윙
달빛의 현을 타고 바삭거리다

고열에 몸져누운 벼랑 아래로
헝클어진 고통을 말아 낸다

미처 넘어가지 못한 계절의 내리막길에서
오늘이 드리워질 때

나의 뇌 밖으로
수만 개씩 고꾸라지는
그의 울음

암호를 잃어버린 엘피판의 음원을
무성하게 늘어뜨린다

제9부

어떤 날,
표정을 수집하다

- 가을이 흐르다,
구름바다가 쌓인 꿈결에서
혼백의 기억을 남긴 어떤 절제를 만났어! -

가늘고 긴 비가 여러 날 계속되었다.

우리의 마법선은 비에 젖은 나래를 활짝 펴고 힘차게 높이, 더 높이 솟구쳐 오르다 어느 한 정점에서 멈췄다.

비에 흠뻑 젖은 구름바다엔 수많은 낙엽들이 눈물처럼 떨어지고 있었다.

어디선가 갈바람에 휩싸인 나지막한 휘파람 소리가 들려왔다.

나는 홀로 우산을 든 채 휘파람 소리를 따라 천천히 구름바다 위를 걸어갔다.

순간적으로 나의 발걸음이 멈춰 섰다.

파르르 떨리는 속눈썹 사이로 빛바랜 초상이 들어섰다.

나는 우주적인 고뇌에 시달린 듯한 덥수룩한 한 청년의 초상을 밀고 안으로 들어섰다.

"어서 오세요! 여기는 꿈을 찾는 나라입니다!"

지직거리는 엘피판을 돌리고 있는 한 청년이 헝클어진 머리칼을 쓸어 올리며 나를 바라보았다.

"어떤 꿈을 찾으러 오셨나요?"

"네?"

나는 엉겁결에 멈칫하며 되물었다.

"여기는 잃어버린 꿈을 찾으려고 우주 각지에서 모여드는 곳입니다!"

"아, 네에, 네!"

반쯤 열린 DJ실엔 오감五感으로 정리된 엘피판이 보이고 그 너머로 각각의 오감에 따라 잃어버린 꿈의 방이 보였다.

나의 표정을 살피던 DJ는 맨 앞자리에 '시각'이라고 정리되어 있는 엘피판 가운데서 하나를 골라 재빠르게 회전시켰다.

그러자 무성하게 늘어지는 음원을 따라 수많은 수증기가 흘러내리며 나의 몸 전체를 휘감았다.

"잘 다녀오십시오! 많은 사람들을 만나 잃어버린 꿈을 다시 찾으실 것입니다!"

"헉, 네!"

난 너무 놀라 그저 반사적으로만 반응하고 있었다.

수증기에 휩싸인 채 나의 몸이 둥둥 떠올랐다. 그러더니 아득하게 침몰할 듯 기울어져 있는 어느 한 꿈의 방문이 '스르륵' 열렸다.

"이게 어떻게 된 일이지? 그리고 도대체 여기가 어딘 거지?"

난 크게 소리치며 말했지만 입술은 그대로 닫혀 있었고 몸은 여전히 허공을 둥둥 떠다니고 있었다. 꿈결처럼 부드럽고 아늑하지만 내 몸을 마음대로 움직일 수가 없었다.

누군가 희미한 형체를 드러내며 내 발을 잡아당겼다.

"으아악!"

난 두 눈을 감은 채 물컹 잡히는 무언가를 의지하며 바닥에 내려섰다.

"슬이야! 슬이야! 우리야! 우리 모두 여기 있어!"

여기저기서 한꺼번에 들려오는 낯익은 목소리들!

난 정신을 가다듬고 얼른 눈을 떴다.

"그림 속에서 탈출한 시조님, 차가운 벽 속에서 눈동자들로만 갇혔다가 시조님과 함께 사람으로 변신한 많은 사람들, 그리고 도화到和 사부님과 그 부인 여장부 타조 무무無無, 귀龜 왕자, 바다코끼리, 그흐 멀티 조종사인 내현, 별이, 천강향天江香, 공손화恭遜華, 반야半夜, 무진장無盡藏, 팅팅 요정!"

난 일일이 그들의 이름을 부르며 몸을 똑바로 세웠다.

"이게 어떻게 된 일이야?"

"우리들도 다 슬이 너처럼 그렇게 해서 이곳에 오게 된 거야!"

"모두들 같은 방에 있는 걸 보니 찾아야 할 꿈이 모두 '시각' 방에 숨어 있는 모양이야!"

"아니야! 꼭 그런 것만은 아닌 것 같아! 저길 봐! 시각 좌우로 청각, 후각, 그 뒤로 미각, 촉각의 방이 쭉 펼쳐져 있잖아!"

"그런데 이 방이 보통 넓은 게 아니야. 마치 광활한 우주 같잖아!"

"정말! 정말 우주 한복판에 있는 것 같아!"

모두들 각자 탄성을 지르며 한마디씩 했다.

"저기, 저기를 자세히 봐! 저 멀리 우뚝 솟은 황금 성이 보이잖아!"

그흐 멀티 조종사가 길게 팔을 뻗어 손가락으로 남쪽을 가리켰다.

희뿌연 안개에 싸여 희미하게 보이지만 분명 반짝거리는 황금 성이 보였다.

우리 모두는 함성을 지르며 남쪽 방향으로 쏜살같이 달려갔다.

"아, 어쩜 좋아! 움푹 패인 지형과 안개 때문에 보이지 않았던 모양인데, 이건 화염불로 뒤덮인 강이잖아! 저 황금 성을 가려면 이 화염불강을 건너야 갈 수 있네!"

천강향天江香이 안타까운 듯 말했다.

"우리 모두의 꿈이 저 황금 성 안에 있는 것 같은데!"

무진장無盡藏이 천강향天江香의 어깨를 안으며 말했다.

"이것 좀 봐! 여기 바닥에 무슨 글이 새겨져 있는데?"

바다코끼리가 굵은 목소리로 말했다.

도화到和 사부님이 성큼성큼 걸어가 몸을 숙여 살폈다.

"흠! 이건 고대 상형 문자인데, '절제節制, 절제'야!"

도화到和 사부님이 무릎을 치며 일어나 우리 모두들 향해 무언의 신호를 보냈다.

"이 화염불강을 통과하려면 욕망을 절제해야 건널 수 있다는 일종의 암호 아닐까?"

여장부 무무無無가 팔장을 낀 채 두 눈을 질끈 감으며 말했다.

"우리 차례대로 한 사람씩 건너자! 그리고 건너가는 사람이 무사히 건널 수 있도록, 다른 사람들은 화염불강으로부터 안전하게 조금 떨어진 곳에 서서 응원해 주는 게 좋을 것 같아. 그러면서 나름 대로 앞서 건너는 사람들을 교훈 삼아 서로 무사히 건널 수 있는 방법을 모색하는 게 바람직할 것 같아!"

경험이 풍부하신 시조님이 사랑스런 눈으로 우리를 바라보며 말했다.

"순서를 정하자! 우선 맨 처음은 경험과 지혜가 풍부하신 시조님이 건너고, 맨 마지막은 용감하고 도량이 넓으며 법술이 풍부하신 도화到和 사부님이 건너는 게 바람직할 것 같아! 모두를 마지막까지 보호할 능력도 넘치시니까!"

반야半夜가 번들거리는 머리를 쓰다듬으며 말했다.

"아무래도 우리 눈동자 팀은 시조님과 동시에 차가운 벽 속에서 해방된 자들이니 시조님과 함께 건너는 게 좋을 것 같아요!"

반야半夜의 말을 얼른 받아 동굴 속 벽화의 그을린 눈동자로 갇혔다가 사람으로 변신한 사람들이 이구동성으로 말했다.

"그렇게 합시다! 그런데 나는 당신과 함께 건널게요!"

여장부 타조 무무無無가 도화到和 사부님과 팔짱을 끼며 애정을 과시하듯 말을 이었다.

"나는 반야半夜와 함께 건널게."

공손화恭遜華가 반야半夜를 사랑스럽게 바라보며 말했다.

무진장無盡藏과 천강향天江香은 말없이 두 손을 마주 잡고 이미 같이 건너갈 준비를 다 마친 듯이 황금 성을 바라보고 있었다.

"나도 유혹의 욕망을 절제하면서 건너야 하니까 마음이 청결한 슬이와 함께 건너면 도움이 될 것 같아! 난 슬이와 같이 건널래!"

기다렸다는 듯이 별이가 내 손을 잡으며 맑게 웃었다.

"이 화염불은 어떤 마법도 통하지 않으니까 나를 포함하여 모두들 모든 유혹을 절제하면서 잘 건너길 소망해요!"

물의 요정 팅팅이 요술 봉을 집어넣으며 살짝 웃음을 머금은 채 말했다.

모두들 나름대로 순서를 정하고 다 함께 모여 둥그렇게 손을 잡은 채 고개를 위로 향했다. 한 사람도 빠짐없이 모두, 화염불강이 주는 그 어떠한 욕망의 유혹이든지 절제하면서 무사히 건너기를 간절한 마음으로 기도하는 시간이었다.

시조님이 긴 옷을 허리춤에 단단히 묶고 무아몽無我夢의 경지에 이른 듯 몰입된 표정으로 천천히 한 발을 화염불강에 내딛었다.

우리 모두는 시조님이 너무 뜨겁다고 비명을 지르지 않을까 긴장된 마음으로 지켜보고 있었다.

그러나 신기하게도 시조님이 발걸음을 옮길 때마다 화염불이 비켜서는 모습이 보였다.

"휴우…"

나는 크게 안도의 숨을 내쉬었다.

그리고 그제서야 시조님의 뒤를 따라가는 벽화 속에 갇혔던 눈동자 팀이 내 눈에 들어섰다. 그들 모두는 시조님께 집중하며, 조심스레 시조님의 보호 아래 한 발자국씩 옮기고 있었다.

시조님이 화염불강의 중간쯤 갔을 때였다.

갑자기 한꺼번에 거센 화염불이 시조님의 가슴팍에 달려들었다. 그러자 시조님이 재빠르게 두 귀를 양손으로 틀어막는 모습이 보였다.

모든 눈동자 팀도 재빨리 양쪽 귀를 막고 있었다.

"이 강을 건너지 말고 도로 돌아가라는 말이 들려! 이 욕망의 화염불강을 건너면, 잃어버린 꿈을 찾는 황금 성에 들어가기 전에 세상의 즐거움을 빼앗는 악어가 날 잡아먹을 거래!"

시조님은 우리 모두가 들을 수 있도록 큰소리로 외쳤다.

시조님의 몸이 잠시 비틀거리는 듯했다.

그러나 양쪽 귀를 막은 채로 시조님이 몸을 가다듬자 다시 화염불이 비켜섰다.

그렇게 시조님과 눈동자 팀은 양손으로 귀를 막은 채로 화염불강을 무사히 건너 우리를 향해 손을 흔들었다.

"아무래도 혼자 건너는 것보다 다 같이 건너는 게 서로에게 힘이 될 것 같아! 물론 맨 후미엔 도화到和 사부님 부부가 우리 모두를 보호해 주실 거니까 두려워하지 말자고!"

덩치가 큰 바다코끼리가 그흐 다기능 조종사와 어깨를 나란히 하며 앞장선 채 말했다.

그 옆에 귀龜 왕자가 나섰다.

무진장無盡藏, 천강향天江香이 서로 손을 잡았고, 반야半夜와 공손화恭遜華도 서로 허리를 감싸 안았다.

나와 별이, 그리고 물의 요정 팅팅도 최대한으로 몸을 키워 대열에 합류했고 맨 마지막에 도화到和 사부님 부부가 함께했다.

"우리 모두 인간의 오감이 느낄 수 있는 모든 유혹을 절제로 이기며 화염불강을 통과하자고! 그동안 우리가 겪었던 모든 고뇌와 슬픔, 아픔조차도 황금 성에 들어가면 아름다운 꿈의 결정체로 되찾아질 거야! 잃어버린 우리의 꿈의 궁정인 황금 성에 다 함께 들어가자!"

도화到和 사부님과 여장부 무무無無가 큰소리로 용기를 북돋았고, 우리 일행은 모두 용기백배하여 화염불 강가에 늘어섰다.

"모두들 각자의 장점인 몰입술을 동원하여 화염불강에 발을 내딛자!"

우리 모두는 큰소리로 결의를 다졌다.

건너편 강가에서는 이미 화염불강을 건넌 시조님과 눈동자 팀이 우리를 향해 러브 마크를 보내고 있었다.

"아앗, 뜨거워!"

몇 발을 내딛은 바다코끼리가 외쳤다.

"내가 좋아하는 맛있는 음식들이 강물 속에 일렁거려! 이 강을 건너면 이 맛있는 음식들을 먹을 수 없을 거라고! 진수성찬 그림으로 보여 주고 있는데! 아아, 눈을 감아 버리자! 절제의 힘을 키우자!"

바다코끼리가 계속 앞으로 전진했다.

"아악! 내 눈에는 환호하는 사람들이 보여! 나의 모든 삶을 부러워하며 추종하는 자들인데! 이 강을 건너면 인기가 떨어져 모든 사람들이 나를 잊어버릴 거라고! 황금 성에 들어가면 안 된다고!"

강의 중간쯤을 건너던 그호 다기능 조종사가 외쳤다.

조금 떨어진 곳에서 그 말을 들은 나는 내현이 연극인으로서도 인기가 엄청 높았다는 것을 생각해 내지 않을 수 없었다.

"그흐! 눈을 감아! 절제력을 발휘해! 유혹에 넘어가지 마!"

귀龜 왕자가 외치는 소리가 내 귓전을 울렸다.

"아아! 눈이 감겨지지 않아! 이 모든 것들은 모두 내 생명보다 귀중한 것들이야! 으아악, 너무 뜨거워! 숨을 쉴 수가 없어!"

귀龜 왕자가 황급히 그흐 선장을 향해 몸을 돌이켰다.

"내가 가서 감겨 줄게! 기다려!"

그러나 귀龜 왕자가 그흐 선장에게 가기에는 이미 시간이 늦었다.

그흐 선장은 급속도로 빠르게 화염불에 휩싸인 채 그 자취를 감춰 버렸다.

숨 쉴 틈도 없이 재빨리 헤엄쳐 그흐 선장의 손을 잡으려 했던 도화到和 사부님의 손에는 타다만 그흐 선장의 옷깃 한 조각이 움켜져 있었다.

여기저기 흩어져 화염불강을 건너던 우리는 순식간에 일어난 이 사건을 보면서 눈물을 흘렸다.

사건은 쉴 새 없이 터졌다.

"그런데 이 냄새는? 내가 제일 좋아하는 엄마 냄새인데! 이 강을 건너면 다시는 엄마 냄새를 맡을 수 없게 될 거라네!"

귀龜 왕자의 목소리가 화염강물에 넘실거리며 들려왔다.

"아! 아름다운 음악 소리! 이 강물을 건너면 이 아름다운 음악을 영원히 들을 수 없다고 말하네!"

별이의 청아한 목소리가 화염에 나풀거렸다.

"오! 정말 부드러운 파랑 빛 실크의 촉감! 이 촉감을 이 강물에게 빼앗길 수 없는데! 그렇다고 뒤돌아설 수도 없는데…."

공손화恭遜華의 손이 파랑 빛을 찾듯 허공을 향했다.

"나는 낮의 햇살이 주는 따뜻함과 밤바람이 주는 아늑한 촉각을 좋아하지만 어림도 없어! 난 평생 절제술을 연마한 사나이야! 유혹에 안 넘어가!"

반야半夜가 큰소리로 씩씩거리며 화염불강을 건너는 소리가 내 귓전을 울렸다.

"난 세상의 모든 향기를 좋아하지만 황금 성에 들어가기 위해 그런 세상 향기를 다 내려놓을 수도 있다고!"

천강향天江香의 말이 메아리치듯 허공을 울렸다.

허공을 메아리치는 천강향天江香의 말이 채 사라지기도 전에 무진장無盡藏이 말을 이어 갔다.

"나도 마찬가지야! 난 거인족답게 별미에 심취하지만 이 화염강물의 모든 유혹을 얼마든지 물리칠 수 있어!"

모두들 자기 나름대로 화염강물이 주는 오감의 유혹을 물리치며 갖가지 여러 모양의 표정으로 강을 건너고 있었다.

"우리는 권력이 주는 무상함을 알아! 권력을 잃어버린다고 해도 우린 이 화염불강을 건너 황금 성에 들어가고 말거야!"

도화到和 사부님과 그 부인 타조 무무無無가 비장한 각오로 외쳤다.

나의 눈에는 내가 경험했던 모든 사랑하는 사람들이 나타났다.

"슬이 넌 네가 사랑하는 사람들을 다시는 볼 수 없게 될 거야! 그러니 이 강을 건너지 말고 다시 세상으로 돌아가는 게 좋아!"

나는 두 눈을 감고 양쪽 귀에다 이어폰을 꽂았다. USB에서 흘러 나오는 천상의 곡조를 듣기 위해….

"난 모든 사람들의 오감과 칠정七情 속에 녹아 있는 요정이지만 이 화염불강을 건너 꼭 황금 성에 들어갈 거야! 그래서 내가 체험했던 삼라만상의 모든 것들과 인간 세상에서 보았던 오감과 모든 인간의 칠정인 기쁨, 노여움, 슬픔, 즐거움, 사랑, 미움, 욕심이 빚어냈던 모든 열매들을 다 이야기해 줄 거야!"

물의 요정 팅팅이 야무진 음성으로 끊임없이 자신을 위로하는 소리가 강물 속에 넘실거렸다.

"잘하고 있어! 용기를 내! 모든 상황은 다 절제심을 발휘할 수 있는 것들이야! 안심하고 흔들리지 말고 건너오라고!"

건너편 강둑에서 우리의 모든 상황과 표정을 살펴보는 시조님의 음성과 눈동자 팀의 응원의 목소리가 힘차게 들려왔다.

정신을 가다듬고 보니 우리들 외에도 드넓은 화염불강을 건너고 있는 수많은 생명체들의 모습이 저 멀리 점과 선으로 줄지어 있음을 알 수 있었다. 그들의 아우성이 때론 비명처럼, 더러는 간절한 염원처럼, 혹은 신음소리처럼 내 귓전에 울려 퍼지고 있었다.

그흐 다기능 조종사를 제외한 우리 모두는 저마다의 유혹을 물리치며 수많은 표정과 절제력을 발휘해 화염강물을 무사히 건넜다.

그리고 우리 앞서 건너고 있던 다른 생명체들도 더러는 그흐 다기능 조종사의 뒤를 따라가기도 했고, 우리들보다 먼저 황금 성 문에 입성하기도 했다.

안타깝지만 그흐 다기능 조종사는 황금 성이 보이는 곳까지 우리를 안전하게 인도해 주고, 잠시 절제력을 잃어 화염강물 속에서 그 자취를 감췄다.

우리 모두는 함께 모여 불에 타지 않은 옷을 보고는 환호성을 연발하며 옷매무시를 가다듬었다.

그런 후 천천히 발걸음을 옮겨 드디어는 황금 성 문 앞에 도달했다.

문 앞에는 귀龜 왕자의 부모님이 찬란한 옷을 입고 우리를 환영해 주었고, 바다코끼리 해海의 부모님과 함께 황금 성에 살고 있는 모든 사람들이 나와 박수를 치며 환영가歡迎歌를 불러 주었다.

또한 꿈속에서만 보았던 수많은 천군천사들이 나팔을 불며 우리 모두의 이름을 부르면서 따뜻하게 맞아 주었다는 것은, 이 소설을 읽고 있는 모든 독자들의 우주를 넘나드는 풍성한 상상력에 커다란 날개가 솟구치게 하리라 믿어 의심치 않는다.

따르릉! 따르릉!

요란하게 울리는 전화벨 소리에 나는 잠에서 깨어났다.

"슬이 오빠! 아직도 자는 거야?"

별이의 청아한 목소리가 내 심장 깊숙이 파고들었다.

전화기 속에서 들려오는 톡톡 튀는 별이의 언어가 내 침대 위를 굴러 방 안의 천정까지 오르내리는 듯했다.

나는 마치 현실처럼 생생하게 느껴지던 길고도 긴 잠의 꿈속에서 빠져나와 깊은 생각에 잠긴 채로, 두 손을 높이 들고 기지개를 켰다.

그해 가을 어느 날!

나와 별이는 사람을 깊숙이 품어 주는 우리의 소소한 추억이 담긴 정겨운 사람의 섬, 죽도의 벤치에 등을 맞대고 앉았다.

무성하게 쌓여 있는 낙엽 밑바닥에서부터 섬 특유의 비릿한 냄새가 밀어 올라오다, 그 끝에서는 바람결에 실려 오는 엘피판의 음원이 여전히 넘어가지 못한 채 지직거리며 꿈결 속 이야기를 속삭이는 듯했다.

우리는 떨어지는 낙엽을 바라보며 벤치에서 몸을 일으켜 서로의 눈망울을 마주 보았다. 망망한 대해가 출렁이는 눈망울 속에는 신비한 베일에 싸인 오감五感이 무지개 빛을 발하고 있었다. 아니, 어쩜 고장 나기 쉬운 우리의 오감五感 깊숙한 곳에서 또 다른 황금 성 이야기가 신화처럼 새어 나오고 있음을 교감하는 시간이었다고나 할까….

섬 여행을 마친 나와 별이는 약속이나 한 듯 손을 잡고 따스한 온기를 나누며, 지직거리는 엘피판의 음원을 복원하기 위해 작업실의 문을 열고 있었다.

Epilogue

깊은 겨울
살점처럼 흩날리던 눈발 속으로

희뿌연 언어들이 모여들어
무중력의 반지름 치수를 남발할 때,

제일 먼저 암호를 접속한 지구 한편에서
최초의 문장을 역류하는
궁창이 드러나기 시작했다

오감五感을 넘나들더니 칠정七情의 좌판을 깔아 9가지 열매, 판타
지fantasy가 되었다

인간의 살눈은 밤에도 잠들지 않는다

2023년 3월 20일 월요일

밤의 숨소리를 들으며
새 개체, 새해가 명함을 내민 겨울과 봄이 교차하는 시점에서
곽영애